행복하고 싶으면
행복한 사람 곁으로 가라

이 책을 행복한 삶을 추구하는

이 세상에서 가장 소중한

_____님께 드립니다.

※ 아포리아(Aporia)

그리스어 '길이 없는 길'에서 유래한 말로 더 이상 앞으로 나갈 수 없는 상태, 즉 난관에 부딪힌 상태로서 더 이상 다른 방법을 찾을 수 없는 상황을 말한다. 위기보다 더 심한 상태로 아포리아 시대의 위기를 극복하기 위해서는 지금까지 해온 방법에서 벗어나 전혀 새로운 관점과 방법으로 접근해 나가야 한다.

아포리아 시대

51색의 행복

아포리아 시대 ────

51색의 행복

한선행복포럼

아포리아 시대 ────

51색의 행복

초판 인쇄 | 2015년 4월 24일
초판 발행 | 2015년 4월 27일

지은이 | 한선행복포럼
펴낸곳 | 출판이안

펴낸이 | 이인환
등 록 | 2010년 제2010-4호
편 집 | 이도경, 김민주
주 소 | 경기도 이천시 호법면 단천리 414-6
전 화 | 031)636-7464, 010-2538-8468
팩 스 | 070-8283-7467
인 쇄 | 이노비즈
이메일 | yakyeo@hanmail.net
홈카페 | http://cafe.daum.net/leeAn

ISBN / 979-11-85772-04-2(03810)   값 13,800원

「이 도서의 국립중앙도서관 출판예정도서목록(CIP)은 서지정보유
통지원시스템 홈페이지(http://seoji.nl.go.kr)와 국가자료공동목록
시스템(http://www.nl.go.kr/kolisnet)에서 이용하실 수 있습니다.
(CIP제어번호: CIP2015009970)」

내 마음의 행복이 51% 이상을 차지하면 언제든지 행복할 수 있다.
아무리 힘들고 어려워도 불행의 지수를 49% 이하로 떨어뜨린다면
행복해질 수 있다. 그러니까 딱 1%가 행복과 불행의 경계를 나누는
것이다.

아포리아 시대 51색의 행복을 열며

행복은
사냥하는 것
저절로 오지 않기에
매 순간 사냥하는 마음으로
주어진 삶에서 스스로 잡아가는 것

한선행복포럼에서는 행복하고 넉넉한 삶의 향기를 전하는 일에 힘쓰고 있다. 여러 사람의 의견을 모아 행복에 대한 공론의 장을 만들고 싶었다. 누구나 쉽게 행복을 얻는 방법을 말하고 싶었다.

우리는 먼저 길 없는 길에 빠져든 아포리아 시대의 행복 메이커(Maker)로서 구성원들의 행복에 대한 담론을 수렴하기로 했다. 우리 나름대로 행복 사례를 제시하면서 스스로가 자신에게 맞는 답을 찾아가는 자리를 마련하는 것이 최선이라는 것을 잘 알고 있기 때문이다.

이제 그 결실로 '아포리아 시대 51색의 행복'을 내 놓는다.

행복은 저절로 오지 않는다. 생존경쟁이라는 정글 속에 꼭꼭 숨어 있는 행복을 스스로 찾지 못하면 우리는 결코 행복을 내 것으로 만들 수 없다.

"성공하고 싶으면 성공한 사람과 함께 하라."
"행복하고 싶으면 행복한 사람 곁으로 가라."

'아포리아 시대 51색의 행복'은 다양한 분야에서 성실하고 질박한 삶을 꾸려온 지성인 51인의 이야기를 엮은 행복 힐링 에세이다.

누구든지 함께 한다면 그만큼 성공과 행복이 미소 짓는 사람들 곁으로 다가서는 자신의 모습을 볼 수 있을 것이라 확신한다.

행복, 그 이름만으로도 가슴이 뛴다. 우리 모두는 행복해야 할 권리와 의무가 있다. 현실이 우리에게 그 어떤 상처를 주고 시련을 안겨 준다 해도 우리는 행복하기 위해 태어난 존재이다. 우리 모두 꼭 행복했으면 한다.

기꺼이 원고를 주신 51명의 필자 여러분과 언제나 관심과 배려를 아끼지 않으신 한반도선진화재단 박재완 이사장님, 이용환 사무총장님과 윤문원 작가님, 그리고 관계자 여러분께 감사드린다.

끝으로 우리 모두가 행복을 추구하는 그 날까지 함께 할 것을 약속드리며 이 책을 펼쳐든 모든 이들에게 두 손 모아 '아포리아 시대 51색의 행복'을 드린다.

대표 저자 신성호

: CONTENTS

Prologue _ 5

1장 그대 어디를 보고 있는가?

4장 있는 그대로 받아 들이는

5장 어디에서 구할 것인가?

1장

그대 어디를 보고 있는가?

그대 지금 어디를 보고 있는가?

박재완

한반도선진화재단 이사장

지금의 아내와 연애할 때다. 꽤 무더웠던 날이다. 자동차가 별로 없던 시절이라 우리는 인도가 따로 없는 가로수가 멋진 한적한 오르막길을 따라 데이트를 즐기고 있었다. 그때 짐을 잔뜩 싫은 낡은 화물차가 힘겹게 언덕을 오르며 시커먼 연기를 우리에게 뿜어대기 시작했다. 하도 지독한 매연이라 얼굴을 찡그리며 낮게 말했다.

"에이, 저런 고물차가 굴러다니다니. 매연이라도 안 나오게 손 좀 보고 다니지."

옆에서 그 말을 들은 연인이 말했다.

"저 차 운전수인들 고물차가 좋아서 몰고 다니겠어요? 형편이 어려우니 그러겠죠. 그래도 가족을 부양하기 위해 나름 최선을 다하는 것 같으니 이해해야죠."

세상은 어떻게 바라보느냐에 따라 짜증스럽기도 하고 미소가 머금어지기도 한다. 중요한 것은 지금 내가 바라보는 것이 어느 쪽이냐는 것이다. 낡은 자동차의 매연을 보고 누구는 짜증을 떠올리지만 누구는 그 속에서 최선을 다하는 가장의 모습을 보고 있지 않았던가?

지금도 그때 얼굴이 확 달아 올랐던 기억을 잊을 수 없다. 나는 대꾸할 말을 찾을 수 없었고 연인을 똑바로 바라보기도 어려웠다.

'터널효과'라는 심리학 용어가 있다. 자동차가 꽉 들어찬 터널 안에 갇힌 운전자들이 느끼는 불만은 대체로 상대적인 자동차의 운행 속도에 비례한 것으로 나타난다. 시속 10Km 속도밖에 낼 수 없어도 다른 차로보다 조금이라도 더 빠르면 대부분의 운전자들은 별 불만이 없다. 심지어 즐거워하는 경우도 있다. 이와 반대로 시속 60Km로 달리더라도 옆 차로가 조금이라도 더 빨리 달린다면 짜증이 더 올라온다는 것이다.

경제학자 이스터린은 여러 나라의 사례를 조사해서 소득이 일정 수준을 넘어서고 기본 욕구가 충족되면, 더 부유해지더라도 행복에는 별 영향을 미치지 않는 것으로 나타난다고 주장했다.

그렇다면 도대체 행복은 어디에 있는 거란 말인가?

행복은 물질이 아니라 마음에 있다. 똑같은 일이나 현상이라도 어떤 마음으로 어떻게 보느냐에 따라 행복감이 달라지는 이유가 여기에 있다. 행복은 결코 멀리 있지 않다. 내 몸 안에 자리 잡고 있는 내 마음에 있는 것이다. 중요한 것은 어떤 마음으로 어느 쪽을 바라보느냐에 행복과 불행이 나눠지는 것이다.

나는 지금도 한 순간 내 마음을 훔쳐 지금의 자랑스런 안주인이 된 젊은 시절 아리따운 아내의 말을 잊을 수 없다.

그래서 마음이 아닌 다른 곳에서 행복을 찾는 이가 있다면 이렇게 묻고 싶다.

그대, 지금 어디를 보고 있는가?

작은 일에도 만족하고 감사하는 삶

조만영

여의도고등학교 교장

34년을 동고동락한 아내는 늘 웃는 얼굴이다. 항상 밝게 웃는 모습을 보여 밉지가 않다. 물질에 대한 욕심이 없다. 베풀기를 잘 한다. 마음이 단순하다. 나는 그런 아내가 참 좋다. 스트레스를 주지 않으니 마음이 편하고 즐겁다. 그래서 아내가 집에 있으면 일찍 귀가한다.

나는 술을 잘 하지 못한다. 그래서 학교일로 골치 아프거나 스트레스를 심하게 받은 날도 일찍 귀가한다. 소파에 앉아 차를 주문한다. 아내는 무슨 차를 들겠냐고 한다. 무슨 차가 있냐고 묻는다. 아내는 친절하게 여러 가지를 이야기한다. 나에게 그렇게 친절하게 답변을 해주고 내가 원하는 차를 즐거운 마음으로 흔쾌히 끓여다 주는 아내가 늘 고맙다. 나는 말수가 적은 편이라 어느 모임이든 말하기보다 경청하기를 즐기는 성격이다. 아내와 함께 소파에 앉아 차를 마시면서도 특별한 이야기는 별로 없다. 그저 곁에 함께 있다는 사실만으로도 마음이 편하고 행복하다.

아내는 중매로 허름한 동네 다방에서 맞선을 볼 때 처음 만났다. 초등학교 선생님이라는 것 말고는 아는 게 없었다. 하지만 그 자리에서 무엇을 물어보고 상대에 대해 더 자세히 알아보려는 노력도 서로 하지 않았다. 그냥 마음이 정해졌다.

일주일 후 그녀의 집을 찾았다. 집이 어디인지 몰라서 중매쟁이에게 전화를 했더니 실수하는 것 아니냐며 걱정할 정도였다. 마침 그녀의 조카 돌잔치가 있는 날이라 보행기를 선물로 사들고 그 집을 찾아갔다. 가족과 친지들이 모인 자리인데 그녀의 모습은 보이지 않았다. 아직 퇴근을 하지 않았단다. 얼마 후 그녀가 퇴근해서 들어왔다. 연락도 없이 내가 온 것을 보고 깜짝 놀랐을 터인데 놀란 표정은 보이지 않고 밝게 웃고 있었다. 다른 것은 기억 못해도 그때 밝게 웃던 모습은 지금도 생생하다.

그날 가족과 친지들이 모인 자리에서 그녀의 어머니로부터 결혼 승낙을 받아냈다. 우리는 첫선을 본 지 한 달 만에 결혼식을 올렸다. 아내는 지금도 내게 말하곤 한다. 그 당시에 자기는 무언가에 홀려서 끌려가는 느낌이었다고.

아무튼 우리는 연애는커녕 손도 제대로 잡아보지 못하고 결혼해서 지금도 때로는 연애하는 기분으로 살고 있다. 오랜 연애 끝에 결혼한 젊은 부부들이 얼마 안 가서 이혼하는 모습을 보면 꼭 연애결혼이 좋은 것만은 아니라는 생각이 든다.

나는 좀처럼 웃는 일이 없고 무뚝뚝한 편이다. 아내는 나보다 말이 많은 편이고 훨씬 더 행복해 보인다. 조물주는 서로 성격이 반대인 사람을 배우자로 맺어준다고 하는데 우리 부부가 딱 그렇다.

아내는 딸 셋을 선물로 주었다. 딸 셋은 우리 중에 누구도 닮지를 않았다. 완전 새로운 합작품이다. 우리 부부는 외모에는 자신이 없다. 그런데 딸들을 보면 그렇게 예쁠 수가 없다. 그런 딸들을 볼 때마다 신에게 감사한다. 큰 딸 내외는 미국에서 의사 생활을 하고 있다. 둘째 딸 내외는 가까운 일산에서 살며 둘 다 직장을 다니고 있다. 막내는 아직 미혼으로 직장을 다니고 있다. 외손주들이 셋이다.

학교에서 특수학급의 학생들을 볼 때마다 그들로부터 많은 것을 배운다. 그들의 모습은 항상 밝고 긍정적이며 학교생활에 대한 만족도도 높다. 삶에 대한 고민이나 근심이 없는 것처럼 밝은 그들의 삶이 참 부러울 때가 많다.

행복은 물질보다 마음의 문제이다. 인간은 자신의 욕구가 충족되었을 때 잠시나마 행복감을 느낀다. 대체로 마음이 단순한 사람일수록 행복지수가 높다.

작은 일에도 만족하고 감사하는 마음을 갖는 것이 행복을 만들어 내는 비결이다. 행복은 신기루와 같다. 억지로 찾는다고 찾을 수 있는 것도 아니다. 억지로 좇아갈수록 행복은 더 멀리 사라진다. 그러니 나에게 주어진 소유와 환경이 허락하는 일상의 삶 속에서 내 스스로가 자족하며 감사하며 살아갈 때 행복은 저절로 우리 곁에 미소 지으며 찾아오는 것이다.

선택이 모든 것을 바꿔 놓았다

이규석

교원대학교 초빙교수

1953년 6.25전쟁이 끝난 그해 가을 아버지가 돌아가셨다. 내 나이 여덟 살로 초등학교 1학년이었다. 갑자기 아버지가 돌아가시고, 어머니 말씀에 의하면 가당치도 않게 걸머쥐었던 빚을 청산할 때까지 점심을 거르는 날도 많았다. 가끔 학교에서 나오는 분유를 집에 가져오면 순식간에 밥에 쪄서 먹어버렸다. 5~6년 후배들은 학교에서 옥수수가루를 끓인 소위 꿀꿀이죽을 먹을 수 있었지만, 그들보다 좀더 일찍 태어났다는 죄로 그런 것은 꿈도 꿀 수 없었다.

이때 내 소원이 무엇이었겠나? 자나 깨나 바로 배불리 먹어보았으면 하는 것이었다. 쑥과 무를 푹 끓여 먹을 때 독한 냄새를 약하게 하려고 쌀겨를 뿌려가며 먹었고, 보릿겨로 빵을 만들어 먹을 때 빡빡한 빵을 억지로 삼키려다 깔끄레기가 목구멍을 따갑게 해서 눈물을 흘리던 시절이었다. 그러고도 배가 고프면 물을 마셔 억지로라도 배를 부르게 하던 시절, 명절 때와 생일 때가 아니면 쌀밥은 구경도 하기 힘들었고, 쇠고기는 어쩌다 잔치가 있는 날 국수국물이 아니면 냄새도 못 맡던 시절이었다.

홀어머니 모시고 농사를 거들며 학교에 다녔다. 초등학교 4학년 때쯤에 처음으로 지게를 졌다. 겨울이면 틈나는 대로 두엄을 논에 내기 위해 지게질을 하였고 방학 때는 산에 가서 땔나무를 해왔다.

중학생 1학년 때는 송아지를 얻어 기르며 봄부터 가을까지 학교에 다녀오면 소먹일 풀을 베어 와야 했다. 비가 와도 해야 했다. 그렇지 않으면 소가 굶게 된다.

고등학교 1학년 때는 학교가 쉬는 일요일이나 공휴일은 하루 종일 농사꾼처럼 일했다. 강 건너에 서울 가는 버스가 빤히 보이는 밭에서 일할 때는 서울에 가보고 싶어 멍하니 바라본 적도 많다. 농업고등학교를 다닐 때는 서울로 갈 생각에 마음을 잡을 수가 없었다. 홀어머니를 두고 떠나는 일이 걸렸다. 빨리 돈 벌어 잘 해드리면 된다는 마음으로 스스로를 달래기도 했다. 어머니 몰래 떠날 결심을 하니 이렇게 불효자가 되어 살아도 되는 건지 엄청 괴로웠다. 그런데 어머님이 먼저 눈치를 채셨다.

"어디 아프냐?"

둘이 밭을 매는데 말씀을 걸어왔고, 나는 떠듬떠듬 속내를 다 말씀드렸다.

"그런 걱정으로 밥도 제대로 못 먹는구나. 네 인생인데 안 그렇겠느냐?"

어머니는 의외로 내 마음을 이해해 주셨다.

고등학교 1학년인 어느 날, 성적표를 들고 무작정 서울행 버스를 탔다. 나를 보내고 어머니께서 며칠 밤을 우셨다는 말씀을 들은 것은 그로부터 20년이 지나 집 장만을 했을 때였다.

우여곡절 끝에 서울에 있는 모 고등학교 2학년으로 편입이 되었다. 다락방에 사글세방 얻어 사는 사촌동생한테 기생하고 있었다. 여름에 내린 폭우로 집이 침수되어 많은 고생을 했다.

어느 날 남산에 올라 서울을 바라보니 집도 엄청나게 많았다. 나는 산 아래를 바라보며 물에 잠기지 않는 집을 가져야겠다 생각했고, 그러려면 먼저 부자가 되어야겠다 다짐했다.

서울에 왔으나 돈이 없으니 어찌해야 될지 몰랐다. 고민 끝에 우선 대학에 붙어놓고 그 후에 고민하자고 마음을 잡았다. 고2 겨울방학 때부터 열심히 공부했다. 농사일하던 때의 인내심, 홀어머니를 생각하면서 이를 악물고 하루 4~5시간 자면서 공부했다. 하지만 명문대 공과대학에 떨어졌다. 내가 다닌 고등학교에서 배우지도 않은 물리를 대비하지 못한 것이 큰 요인이었다.

죽고 싶은 심정으로 고향에 가서 눈 꾹 감고 농사를 지었다. 농사일을 마칠 무렵 고등학교 친구들의 설득으로 이엉을

엮어 지붕을 새로 덮고 김장을 해 넣은 다음 서울에 다시 올라와 공부했다. 이번엔 같은 대학교의 사범대학에 합격했다.

젊을 때 고생은 사서도 한다. 인생은 태어나서(Birth) 죽을 때까지(Death) 꾸준히 선택(Choice)한다는 말이 있다. 남이 가지 않은 길을 택해서 고행을 하더라도 행복을 얻어가는 이가 있고, 넓고 평판한 길을 택했어도 진퇴양난에 빠져 불행의 늪으로 빠지는 이도 있다.

그래서 인생은 묘미가 있는 것이 아닐까!

행복도 결국은 자신의 선택에 달려 있다. 물질, 권력, 명예는 삶의 여정에서 구름처럼 바람처럼 스쳐가는 행복의 수단이지 그 자체가 목적이 될 수는 없다. 자신의 인생을 스스로 선택하고, 그 속에서 행복도 선택해 나갈 때 진정으로 행복이 미소짓고 있는 것은 아닐까 생각해 본다.

수술을 통해 깨달은 행복

서원동

월드커뮤니케이션 대표

갑자기 악화된 허리디스크로 수술을 받게 되었다. 많은 분들이 허리수술은 신중을 기하는 것이 좋다고 만류했으나 찾아간 병원마다 수술을 하라고 권유해 어쩔 수 없이 선택했다. 수술 받기 전 겪었던 육체적 고통과 심적 갈등은 내 평생에서 가장 참기 어려운 시간이었다.

왼쪽 허벅지에서 발목에 이르는 부분에 발생하는 근육이 찢어지는 듯한 고통이 매우 심했다. 의자에 앉아 있지도 못하고 누워서 잠을 잘 수도 없다 보니 차라리 죽는 것이 낫겠다는 생각이 들 정도였다. 몸이 아프니 마음도 나약해졌다. 혹시 수술이 잘못되어 불구자가 되는 것은 아닌지, 수술후유증이 심해 고통 속에 살아야 하는 것은 아닌지, 가장 역할을 제대로 할 수 있을지…. 많은 상념들이 떠오르며 나를 슬프게 했다.

수술실에 들어갈 때 간절한 마음으로 수술이 잘되기를 빌었고, 제발 건강한 몸으로 통증 없이 걷게 되기를 소원하며 기도했다. 통증 없이 살 수 있다면 제2의 삶을 살 것 같았다. 얼마나 시간이 흘렀을까. 옆에서 떠드는 소리에 눈을 떴다.

"수술을 잘 마쳤으니 입원실로 가야 합니다."

간호사의 밝은 미소가 참 고맙게 느껴졌다. 입원실로 이동해 일반침대로 옮겨질 때 아팠던 다리 부위에 통증이 없어졌음을 느꼈다. 아직 마취가 덜 풀려 그럴 수 있다고 생각하면서도 편안해졌음을 깨닫고 안도하기 시작했다. 퇴원하면 정상적인 몸으로 걸을 수 있다고 생각하니 날아갈 것 같았다.

깊은 잠에 빠져 들어 몇 시간인지 자다가 깨어났다. 수술 부위에 아직 통증이 있었지만 그것은 수술 전 경험했던 고통과는 비교할 수 없는 것이라 견딜 만했다. 의사가 며칠 지나면 좋아질 거라고 하자 행복을 되찾은 것 같았다.

그때 결심했다. 다시 건강을 회복하면 행복을 놓치지 않기 위해 열심히 운동을 하겠노라고. 사람들은 평소에 건강으로 누리는 행복을 모른다. 다치거나 상처가 났을 때, 몸에 이상을 느껴 병원에 갈 때면 건강이 얼마나 중요한지를 안다.

우리는 행복은 가까이 있음에도 깨닫지 못하고 살아간다. 돈이 많다고 행복한 것도 아니고, 사회적 지위나 명예가 높다고 행복한 것이 아니다.
나는 수술을 받으며 건강한 몸으로 활동하고, 친구들과 웃으며 대화할 수 있는 것이 얼마나 큰 행복이고 감사한 일인지 알았다.

앞으로 사소한 일에도 행복해 하고 감사하며 살기로 했다.

건강한 몸으로 산다는 것만 해도 얼마나 큰 행복인가.

꿈을 지녀라.

그러면 어려운 현실을 이길 수 있다.

−릴케

어머니가 일깨워 준 행복의 의미

홍윤기

동국대학교 교수

부모님에게 해외여행을 권한 적이 있다. 아버지는 약간 주저하셨지만 어머니는 완강하게 도리질을 쳤다. 주변에 해외여행 다녀온 친구들이 많았는데, 여행비를 갹출하는 문제로 자식들 특히 며느리들과 잡음이 있는 모습을 많이 보았기 때문이라고 했다. 애들 형편도 어려운데 늙은이들이 해외로 나가면서 자식들 싸움을 일으킨 것이 그다지 좋게 보이지 않았다는 것이다.

　자식들의 간곡한 권유로 두 분은 제주도를 다녀오는 것으로 대체되었다. 여든 살이 넘어 처음으로 아버지와 단둘이 가는 여행을 떠올리며 어머니는 그동안 여편네들끼리 가는 여행에 끼지 않았다는 말을 강조하셨다. 이 말 속에는 당신께서 무리한 해외여행을 가지 않아 자식들의 가계에 부담을 주지 않았다는 자부심이 담겨 있었다.

　자식에게 부담을 끼치지 않으려고 매사에 조심하셨던 어머니지만 한번은 자식들에게 부담을 주는 소원을 드러낸 적이 있다. 항상 병구완 해주시는 아버지만으로는 허전했던 듯싶다. 그동안 떠나지 않으려던 고향을 떠나서라도 자식들이 쉽게 모일 수 있는 수도권 지역에 이사를 와서 손자와 손녀를 가까이 보며 지내시고 싶다는 것이었다.

　하지만 이 소원은 아버지의 반대로 이뤄지지 못했다. 어머니의 얘기는 대체로 다 들어주시는 아버지였지만 조상 무덤이 있는 고향만은 절대 못 떠나겠다고 완강하게 고집을 피운 것이다.

　두 해 뒤에 어머니는 손자 손녀를 포함헤 모든 온 가족이 있는 가운데 편안하게 임종하셨다. 초등학교밖에 졸업하지 못하신 것을 평생 한으로 사시기는 했지만, 고향의 절에 변치 않은 신심으로 꾸준히 공덕을 쌓으셔서 신도회장까지 지내셨다. 장례식은 사찰장으로 치렀는데 조문 오는 신도들의 면면에 깜짝 놀랄 정도였다.

어머니의 장례를 치르면서 어머니야말로 행복한 삶을 사신 것이 아닌가 하는 생각이 들었다.

어머니의 삶이 무엇보다 경이로웠던 것은 철학적으로 해석되는 현란한 삶의 개념들이 실은 아주 소소한 것들로 채워졌다는 것이다. 당신의 죽음 앞에서 나는 어머니가 왜 그렇게 해외여행을 완강히 거부하셨는지 이해할 수 있었다. 해외여행은 어머니가 체험하고 싶은 가치에 포함되지 않았고, 그래서 냉정하게 선을 그었으리라. 오직 당신이 체험하고 싶었던 것만 체험하고 싶어 하셨고, 그래서 평생 모았던 돈도 아낌없이 절에 쾌척하셨을 것이다.

큰아들인 나는 생전에 어머니가 너무 돈을 모으려고 악착을 떠는 것 같아 적지 않게 투정을 부렸다. 어머니가 그렇게 모은 돈을 종교적 활동과 정신적인 성취에 쓰실 줄은 전혀 짐작조차 못했다.

인간의 행복은 소유물이 아니라 그 어떤 유의미한 체험에서 온다는 것, 즉 인간은 가진 것이 아니라 하고 싶은 것을 하는 데서 행복해진다는 것을 어머니가 가르쳐주신 것이다.

어머니의 묘를 뒤로 하고 다시 도시로 돌아오면서 나 자신을 돌아보자 문득 불안해졌다.

나는 과연 어머니만큼 행복할 수 있을까?

지금도 어머니를 떠올리면 행복의 참된 가치가 어디에 있는지 수시로 돌아보게 한다.

생명을 포기하지 않는 마음

박종훈

고려대학교 교수

나는 암을 치료하는 정형외과 의사다.

"정형외과에도 암 환자가 있나요?"

"보람 있는 직업을 가지셨군요?"

처음 만나는 사람들은 대개 내게 이렇게 묻는다. 정형외과 분야에도 암은 있다. 그리고 늘 보람을 느끼면서 사는 것은 아니다. 완치가 된 환자들이 감사하다는 말을 하면 뿌듯하기는 하지만 그것이 내 삶과 직업을 돌아볼 만큼의 보람으로 느껴지지는 않는다.

그런데 의사 생활한 지 20년이 되는 시점부터 인간과 생명에 대해 고민을 하면서 내가 하고 있는 일과 인간에 대한 생각의 변화가 생기기 시작했다.

3년 전에 21살 여자 환자가 왼쪽 팔에 주먹만한 혹이 있다고 찾아왔다. 조직검사를 한 결과는 암담했다. 한 번도 살려본 적이 없는, 교과서적으로도 사망률이 80%나 되는 그런 암이었다. 종양이 신경을 감싸고 있어서 할 수 없이 종양을 제거하느라 4번째 5번째 손가락에 장애를 남겨야 했지만 다행히 수술은 잘 되었다.

수술 후 한두 번 왔던가? 어느 날 한 통의 메일이 왔다. 사랑하는 사람의 아이를 가졌는데 낳아도 되는지를 물었다. 최소 2년간은 안심할 수 없으니 아기를 낳지 말라고 했다. 환자에게는 말하지 않았지만 사실 그 병은 2년 안에 대부분 전이가 나타난다.

한참의 시간이 흐른 뒤에 그녀에게 또 연락이 왔다. 감기

기운이 있어 동네 병원에 갔더니 가슴 사진을 찍어보고는 큰 병원에 가 보라고 했다는 것이다.

'아! 올 것이 왔구나?'

가급적 빨리 병원으로 오라고 했다. 며칠 후 진료실에 들어선 그녀는 아주 건강해 보이는 아기를 안고 들어왔다.

'오 마이 갓!'

가슴 CT 검사를 해 보니 함박눈이 소복이 내리는 겨울날의 하늘처럼 폐 구석구석에는 전이된 암이 하얗게 뒤덮여 있었다.

한 반 년은 살까? 진단결과를 통고받고도 크게 흔들리는 표정 없이 이런저런 상담을 하고 진료실을 나가며 이런 말을 했다.

"그런데요, 선생님. 말 안 듣고 아기 낳기를 잘한 것 같아요."

그녀는 끝까지 포기하지 않는 생명의 힘을 이야기했다.

'아기를 낳지 말라고 했던 말을 진심으로 사과합니다.'

그 날 저녁에 나는 이런 문자를 보냈다.

그동안 내게 치료를 받으며 '완치가 되어서 고맙다'는 말을 보내는 이들도 많았다. 하지만 그때마다 나는 그 말이 참 공허하게 들렸다.

하지만 가끔 치료를 받다 끝내 돌아가시는 환자들이나 가족들이 감사하다는 말을 할 때는 정말 가슴이 벅차다. 심지어 환자가 사망한 지 수년이 지났는데 종종 문자로 감사의 인사를 하는 분들도 있다. 직업인 의사에 대해 예전에 몰랐던 보람을 느끼게 하는 부분이다.

43세 여자 환자에게 이런 문자를 받은 적이 있다.

'선생님, 저 기억하시겠어요? 작년에 어깨의 암수술 받은 누구입니다. 선생님께 수술 받고 지방 대학병원에서 항암치료를 받는데 이곳의 선생님께서 이제 제게 남은 생은 한 달 정도라고 합니다. 2주 후면 인공호흡기가 없이는 숨을 못 쉴 거라고 하네요. 방법이 없을까요? 저는 딱 1년만 더 살았으면 싶은데 말입니다.'

"의미가 없지 않냐?"

의료진들의 반대에도 불구하고 나는 끝까지 치료했다. 예

상보다 3개월은 더 살다가 떠났다.

마지막으로 그녀는 "조금이라도 더 살게 해줘서 고마운 게 아니라 포기하지 않고 끝까지 노력해줘서 고맙다"고 했다.

아, 그것이었다. 돌아가신 환자의 가족들이 고마워한 이유는 소중한 생명을 포기하지 않고 환자의 곁을 끝까지 지켜줬기 때문이었다.

행복은 누구에든지 잡힐 만한 곳에 있다.

마음 속에 만족을 얻지 못하면 행복은 얻을 수 없다.

– 호라티우스

뚜렷한 꿈과 희망

송희연

전 KDI 원장

딸과 사위가 미국으로 유학을 가는 바람에 아내가 미국에 가서 약 5년 동안 손자 둘을 보게 되었다. 딸은 마케팅을, 사위는 경제학을 전공했다. 거의 같은 시기에 박사학위를 받고 귀국해서 현재는 서울시립대학교와 건국대학교에서 교수생활을 하고 있다.

아내는 데이케어(daycare)에 두 손자를 맡기기 위해 운전을 해야 했고 가사일까지 도와야 했다.

나는 한국에 홀로 남아 직장일과 집안일에 외롭고 힘든 생활을 할 수밖에 없었다. 그런데 회상해 보니 그 5년 간의 기러기 할아버지 생활이 힘들었다기보다 지금의 꿈을 이루며 살고 있는 딸의 가족을 보며 오히려 감사하다는 생각이 든다.

1964년 뜨거운 여름 인천 앞바다에서 작은 견인선에 몸을 싣고 설탄(Sultan)이라는 대형 미국 군용선을 타기 위해 먼 바다로 나가고 있었다. 견인선에는 하와이대 동서문화센터의 교환교수로 가려는 외대교수와 인턴으로 가는 은행대리, 치과의사가 있었고, 뉴욕 주에 위치한 씨라큐스대(Syracuse University) 유학생으로 장도에 오른 내가 타고 있었다.

그 당시 우리는 전쟁의 폐허에서 일어난 지 얼마 안 된 세계적인 빈국이었다. 지금은 상상할 수도 없는 베트남, 필리핀, 미얀마보다도 훨씬 가난한 나라였다.

우리 4명은 한미재단이 주선해 주는 군용선을 무료로 타기 위해 시험을 보았고 합격해서 한미재단에 미화 100불을 기부하는 것으로 미국행에 오를 수 있었다.

당시 미국의 노스웨스트의 비행기 요금은 560불이었다. 샌프란시스코에서 뉴욕 씨라큐스까지 가는 버스 요금은 99불과 기부금 100불을 합치면 반값도 안 되는 요금으로 미국 길에 오를 수 있으니 스스로 선택한 고난의 길이었다.

대형 군용선에서 우리 넷은 사병들과 18일 동안을 함께 생활했다. 사병을 실어 나르는 배이므로 야전침대 잠자리와 갑판뿐이고 휴게실도 없었다.

그 후에도 3일간 버스를 타고 이동해야 했다. 잠도 달리는 버스 안에서 자야만 했고, 밤낮 달리는 버스의 기사는 6시간마다 바뀌었다.

당시는 미국의 교육재단의 유학생 지원이 모두 끊긴 상태였다. 한미재단에서 군용선이 있을 때마다 4~5명에게 교통 편의를 주선해 주는 혜택도 경쟁 속에 시험을 거쳐 성적순으로 결정되던 어려운 시절이었다.

그때 내 수중에는 씨라큐스대학에서 제공한 등록금면제 장학금과 미화 200불이 전부였다. 처음에는 한 학기 생활비로 400불에 해당하는 한화를 준비했었으나 환율이 130원에서 260원으로 2배나 인상되었기 때문에 더욱 빠듯한 살림을 해야 했다.

정말 힘들었던 21일 간의 고된 여정이었다. 하지만 반백년이 지난 그때를 회상하면 꿈과 행복을 좇던 행복한 순간이었다.

행복은 이런 게 아닌가 싶다. 아무리 힘이 들더라도 뚜렷한 꿈과 희망을 갖고 살아 가는 것, 매사에 감사하며 자신에게 주어진 삶에 최선을 다하며 꿈을 이뤄가는 그 과정에 있는 게 아닌가 싶다.

연극배우로서의 행복

박정미

연극배우

학창시절의 국어시간은 재미없고 어려운 과목이었다. 문학적 소양도 소질도 없던 내가, 지금 이렇게 연극을 하고 있다니? 나의 달란트, 이는 신이 주신 선물이라 생각한다. 이런 점에서 나는 축복받은 사람이다.

세상에 하고 싶은 일을 하며 사는 사람이 얼마나 될까? 그러므로 또한 나는 축복 받은 사람이다. 좋아하는 일, 하고 싶은 일, 잘 할 수 있는 일을 하고 있으니….

학창시절 말도 없고 소극적이며 수줍음이 많아 발표할 때
가 되면 가슴이 두근거리고 얼굴이 붉어졌었는데…. 무대 위
에 서있는 지금의 내 모습은 상상도 못할 일이었다.

내성적인 성격은 대학에 가서 바뀌기 시작했다. 1학년 때
촌극경연대회가 결정적인 계기였다. 각 과별로 짧은 촌극을
준비해 참여했는데 처음으로 연극발성을 배우고 1달간 연습
했다. 당일 무대 위에서 역할에 완전히 몰입해 무얼 했는지
기억조차 나지 않는다.

뜨거운 박수를 받은 후에 방송반과 연극반에서 "4년 내내
언제든 들어오라"는 러브콜을 받았다. 지금도 그때의 호흡
과 작은 손 떨림이 가슴에 남아 있다.

대학 졸업 후 은행에 취직하고 결혼을 했다. 그러다 전공
이 전혀 다른 연극배우로 활동하기 시작했다. 다양한 희곡
작품들을 접하며 '내가 맡은 인물'이 되어 표현해가는 과정

은 그 전에 느껴보지 못한 기쁨이 있었다.

이 인물이라면 이런 상황에서 어떤 감정, 어떤 느낌일까를 생각하고 그 상황을 곱씹어 보면 인간을 이해하는 마음이 저절로 든다.

"상대방의 입장에서 생각해 보라."

말은 쉽지만 실천하기란 매우 어려운 말이다. 그런 점에서 연극배우는 인간의 내면을 이해하는 직업이다. 인간을 사랑할 수 있는 축복받은 직업이다.

물론 좋아하는 일을 한다고 힘들지 않은 것은 아니다. 내가 아닌 다른 사람이 되어가는 과정은 어찌 보면 그만큼의 고통이 따라야 가능한 일이다. 그 사람이 겪고 있는 현실과 아픔까지도 공감해야 한다.

40대 초반에 '작은 할머니'라는 작품을 통해 10대부터 60대 할머니가 될 때까지 여자의 일생을 연기한 적이 있다. 한 인물의 인생 전체를 살아보는 역을 소화하기란 쉽지 않은 작품이다. 작품을 하며 인생의 아픔을 많이 느꼈다. 공감하는 순간 연습 중에 눈물이 펑펑 났었다. 울음을 참을 수 없어 계속 훌쩍거려 다음 씬을 연결 못하고 쉬어야만 했던 적도 있었다.

하나의 인물이 창조될 때 느끼는 희열이란 그동안의 고통마저도 기쁨으로 승화시킨다. 인간의 희노애락을 표현하는 그 맛에 배우를 한다고 할까? 작품을 하면서 인생을 배워가는 셈이다. 짧은 기간이나마 한 인물이 되었다가, 또 다른 인물로 살아보는 것! 다양한 인물로 살아볼 수 있는 것은 연극배우이기에 가능한 일이다.

배우는 인물을 연구하는 직업이다. 작품을 대할 때마다 허투루 할 수 없는 이유다. 작품을 잘 이해해 표현해 낸 인물이, 관객에게 감동을 줄 수 있다면 얼마나 행복한 일인가? 하고 싶은 일을 하면서 다른 사람에게 감동까지 줄 수 있으니 이 얼마나 짜릿한 일인가?

내가 하는 한마디 한마디에 귀 기울이고 같이 공감하며 웃고 울어주는 관객들! '그래, 그럴 수도 있겠다.'라며 배역을

이해해 주는 관객이 있다면 정말 감사한 일이다. 그 감사한
마음을 담아 오늘도 소리 없는 '문화운동'에 동참하고 있다.

나는 행복한 배우, 행복한 인간이다.

행복의 '순간' 보다 '기간' 을 늘리려면

박휘락

국민대학교 정치대학원장

누군가가 가장 행복한 시간이 언제냐고 물으면 나는 서슴
없이 대답할 수 있다.

"손자와 함께 노는 시간이다."

손자의 천진난만한 웃음소리와 엉뚱한 재롱을 보면 시간
가는 줄 모르게 행복에 빠져든다.

하지만 오랫동안 군 생활을 했고, 지금도 예비역 대령으로

서 국방에 관한 사항을 연구하고 가르치면서 손자를 보며 마냥 행복에 빠지지 못하는 경우가 있다.

"얘가 컸을 때 핵전쟁이 일어난다면?"

직업병이랄까? 정말 심각하고 절실한 문제다.

'내가 그것까지 걱정해야 하나?'

애써 털어내려 노력하지만 쉽지가 않다.

손자의 행복을 위하여 해야 할 것이 무엇일까? 지금 놀이 상대가 돼서 즐거운 시간을 갖는 것일까? 용돈을 많이 줘서 기쁘게 하는 것일까? 그 무엇보다 핵전쟁을 예방할 수 있다며 더 큰 행복에 기여하는 게 아닐까?

영화 '국제시장'의 주인공이자 이 시대의 아버지를 대표하는 주인공 윤덕수는 말한다.

"자식이나 손자의 세대가 아니고, 우리 세대에 저러한 어려움을 겪은 것이 다행이지 않느냐?"

나 역시 전적으로 공감한다. 어떤 고난을 감수하고라도 우리 세대에 핵전쟁의 위험을 제거해야 하지 않겠냐고.

'국제시장'의 흥남철수 장면은 생존을 위해 몸무림치는 우리의 모습이다. 군인 출신으로서 자괴감도 적지 않았다. 과거 우리 군인들은 무엇을 했던가? 전쟁이 발발하자 패배하거나 도망치기 바빴고, 국민들만 남아서 전쟁의 온갖 참상을 다 겪어야 했었다.

주인공의 말처럼 이런 불행이 지금 세대에 끝이 나면 얼마나 좋을까? 손자들은 세계 어느 국민들보다 행복했으면 얼마나 좋을까? 그 장면을 보면서 흐르는 눈물을 멈출 수 없었다.

행복이란 무엇일까? 최소한 불행이 없는 상태가 되어야 한다. 불행 중에서 가장 큰 불행이 전쟁이다. 행복하려면 어떠한 경우에도 전쟁은 막아야 한다. 순간이 아니라 지속적인 행복을 누리는 여건이 마련되어야 한다.

아무리 어려운 시대였지만 윤덕수도 순간순간 행복했던 시간이 있었다. 그러나 그것은 말 그대로 "순간"이었다. 오랜 역경을 이겨내고 "그런대로 열심히 잘 살았다"고 회고할 수 있었던 것은 '행복의 순간'이 아니라 '행복의 기간'을 가질 수 있었기 때문이다. 그가 '행복의 기간'을 가질 수 있었던 것은 열심히 살아온 덕분이기도 하지만, 그 기간 중에 우리나라가 전쟁 없이 계속 발전할 수 있었기 때문이다.

우리는 이제 '행복의 순간'보다 '행복의 기간'을 생각해야 할 때다. '행복의 순간'은 개인적인 노력으로 얼마든지 얻을 수 있다. 하지만 '행복의 기간'은 개인이 아닌 우리 모두가 나서야 한다.

전쟁 없고 평화로운 사회를 만들기 위해, 핵전쟁의 위험이 없는 아름다운 사회를 만들기 위해, 손자의 해맑은 미소를 오랫동안 즐기기 위해 과연 우리는 무엇을 할 것인가?

개인의 욕심만 채우려고 기를 쓸 것이 아니라 '행복의 기간'을 누리기 위해 과연 우리가 무엇을 해야 할 것인지 생각해 보는 시간을 가졌으면 한다.

2장

마음 하나 바꾸었더니

물 새는 아파트가 불러온 행운들

이주호

전 교육과학부장관

우리 아파트는 재개발 이야기가 심심찮게 나오는 강남 지역에 있다. 20년이 넘도록 살고 있는데 수도관이나 하수도관이 한 번씩은 꼭 터져서 속을 썩였다. 어느 부분이 터진 건지 빨리 고치면 좋은데, 그렇지 못해 벽지를 버리거나 심지어 아래층까지 피해를 주곤 한다. 수리도 관이 터지는 위치에 따라 어떤 경우에는 벽을 다 허물거나 또는 마루를 다

들어내어야 했고, 심한 경우 모든 가구를 다 옮기고 전면 대공사를 한 적도 있다.

세상에는 아무리 나쁜 일도 좋은 면이 있다고 한다. 우리 가족은 아파트에 물이 새는 불행한 일이 언제부턴가 다른 행운을 불러올 거라는 믿음을 갖기로 했다. 실제로 아파트에 물이 샐 때마다 행운이 찾아오는 일이 반복적으로 일어났다. 처음 물이 새고 바로 딸이 입시에 합격했다. 또한 내가 차관에서 장관으로 자리를 옮길 때도 아파트 물이 먼저 샜다.

믿거나 말거나 사주를 봤더니 내게는 철의 기운이 강하고 물의 기운이 적다고 한다. 그래서 내게 부족한 물의 기운을 채우기 위해서라도 아파트 물이 새는 것은 좋은 일이라는 믿음을 갖기로 했다.

물론 모든 것이 다 물 새는 것과 연관이 있다고 100% 믿는 것은 아니다. 하지만 그래도 이렇게 믿는 것이 오래 돼서 물이 새는 아파트에서 행복하게 살 수 있는 방법 중에 하나라는 것은 분명하다. 억지로라도 이렇게 생각하지 않는다면 아파트에 물이 새는 것은 짜증나는 일이고, 새 집을 짓거나 새 집으로 이사를 하지 않으면 물이 샐 때마다 괴롭고 고통스러워할 것은 분명한 일이다.

하지만 우리는 불행한 일이 일어날 때마다 그것을 행운과 연결 지어 생각하는 습관을 들였다. 그랬더니 우연치고는 정말 우연 같지 않은 일들이 벌어지고 있다.

행복이란 이런 것이 아닐까? 아무리 안 좋은 일이라도 그것을 긍정적으로 생각하는 마음이 행복을 불러주는 것은 아닐까? 지금도 아파트에 물이 새고 나면 큰 행운이 찾아왔던 그때 일을 생각하며 내가 정말 행복한 삶을 살고 있다는 생각에 미소가 떠나지 않는다.

행복하고 싶으면 감사하라

배영기

숭의여자대학 명예교수

어느 날 도둑이 들어 집안이 난장판이었다. 오랜 세월 고이 간직해 두었던 황금열쇠와 은수저가 보이지 않았다. 112에 신고했고 곧바로 달려온 경찰이 현장을 촬영하고 지문을 채취하기 시작했다. 그때 순간적으로 내게 심리적 변화 과정이 일었다.

첫째는 도둑에 대한 괘씸한 생각이 들었고, 둘째는 도둑과 마주치지 않아서 위해를 피할 수 있어 다행이라는 생각이었다. 셋째는 도둑이 이번 일을 계기로 개과천선하여 잘 살기를 바라는 마음이 일었다.

그 짧은 순간에 공포→분노→감사→용서→평정으로 이어지는 마음의 변화를 체험한 것이다. 어찌 보면 배부른 소리 같지만 마음의 평정을 얻기 위해서 가장 중요한 것은 감사의 과정이었다.

어차피 도둑을 맞고 소중한 것을 잃은 것은 벌어진 일이다. 공포와 분노의 감정은 당연한 수순이었다. 하지만 이런 상황에서 어떻게 감사의 마음이 일어날 수 있을까?

이것은 오랜 학습의 결과다. 행복하기 위해서는 감사의 마음이 절대적으로 필요하다는 것을 알고 수없이 그렇게 하려고 노력해왔기 때문에 그 순간에서도 얼른 분노의 감정을 감사와 용서, 평정으로 이끌어 갈 수 있었던 것이다.

실제로 뇌과학자들이 뇌사진을 찍었을 때 행복을 느끼는 세로토닌이라는 뇌전달물질은 감사의 감정을 느낄 때 가장 활성화된다고 한다. 감사뇌세포가 활성화되면 될수록 행복을 더욱 강렬하게 느끼게 된다는 것이다.

행복하고 싶으면 먼저 감사하는 마음을 가져야 한다는 것이 과학적으로 밝혀졌다는 것을 잘 알고 있었고, 나는 그 방법에 따라 행복을 추구하기 위해 평소에 감사하는 마음을 가지려 끊임없이 노력해 왔다.

이미 도둑이 든 일은 지나간 일이다. 계속 분노하고 미워하는 것은 자신을 더욱 불행으로 몰아넣는 행동이다.

얼른 생각 하나만 바꿔 보니 도둑과 마주치지 않아 더 큰 피해가 생기지 않은 것이 얼마나 감사한 일인지 습관적으로 떠오른 것이다. 감사하는 마음을 잡으면 행복을 잡을 수 있다는 이 간단한 말을 실천하기 위해서는 그만큼 노력이 필요한 것이다.

"나쁘지 않은 것이 좋은 것이 아니며, 불행을 피한다
고 해서 행복한 것은 아니다." - 니체

행복을 찾으려고 불행을 피할 것이 아니라 그 불행 속에서도 행복을 찾는 일을 해야 한다. 불행 속에서 행복을 찾는 길이 바로 감사하는 마음을 챙기는 일이다. 이 얼마나 간단한 일인가?

뇌에서는 감사할 때 가장 행복한 세로토닌이 분출된다고 하니, 행복하고 싶다면 그저 감사할 일만 찾으면 될 일이 아니던가?

〈행복의 특권〉을 쓴 숀 아처(Shawn Achor)는 "행복하면 결혼, 건강, 우정, 공동체 활동, 창조성, 직장 등 현실적인 삶에서 성공할 수 있다"고 한다. "행복은 목표가 아니라 수단이며 통로"라면서 "행복해야 성공하고, 부자도 되고, 명예도 얻을 수 있다"는 것이다. 이 말은 곧 성공하고 싶다면 행복해야 하고, 행복하고 싶다면 감사해야 한다는 말이다.

나는 행복사냥을 한다. 고로 존재한다

장창원

성균관대학교 겸임교수

미국 유학시절인 20여년 전 일이다. 박사과정 학생 중 8
명이 생존 자격시험에서 과목별로 떨어졌다. 8명 모두 석사
학위만 갖고 떠날 상황이었다. 과목별로 1점, 2점차로 떨어
졌던 나는 아내와 함께 평생 할 수 있는 간절한 기도를 그때
다했다. 하나님께서 기적을 보여 주셨다.

나는 절박한 심정으로 할 수 있는 일을 다 했다. 떨어졌다

는 것이 부끄럽기보다 어떻게든지 목표를 이루고 말겠다는 의지가 더 강했다. 같은 과 한국 대학원생들과 지인들에게 알려 최대한 도움을 청했다. 조직적으로 KDI에서 했던 과거 연구목록을 작성하고 간절한 마음을 담은 편지를 작성해서 학과의 헤드 등 보직교수들에게 청원도 올렸다. 간절함이 통했는지 학과에서는 심의 끝에 다시 기회를 주었다. 규정을 준수하기로 깐깐한 미국 대학교에서 기적 같은 일이었다.

나는 다시 제공된 기회를 놓치지 않고 거의 만점을 받았다. 그때를 생각하면 지금도 마냥 행복하기만 하다.

환갑이 넘은 나이에도 비교적 기억력이 좋은 나는 아주 어렸을 때부터 정말 부끄러워 나만 알 수 있는 일들을 떠올리곤 한다. 혼자 괴성을 지르며 누구를 심하게 욕했던 일, 젊었을 때 성욕을 이기지 못해 괴로워하며 상상으로 음행을 채웠던 일, 누가 미워 그가 갑자기 죽기를 바랐던 일, 혼자 있을 때 공공의 적으로 빙의하여 마음 속으로 사적인 탐욕을 부렸던 일, 사적인 작은 모임에서 회계를 맡아 돈을 관리하면서 나 자신을 위했던 일을 가장해 지출로 기록했던 일 등등….

"행복은 감사의 문으로 들어와서 불평의 문으로 나간다."

수시로 사유하고 생각하며 잃는 건 탐욕이고 얻는 건 행복임을 느끼곤 한다.

요즘 사회적으로 정치인들이 고위관직에 욕심을 부리다 청문회에서 망신을 당하는 모습을 많이 본다. 그때마다 나는 지금보다 더 큰 욕심을 부리지 않기 때문에 더 이상 잃을 것이 없음에 감사와 행복을 느낀다.

그동안 내가 범한 부끄러운 일이 비밀유지가 되어 하나님과 나만 아는 일로 남아 있는 게 얼마나 행복한 것인가! 이 또한 감사함을 느끼니 지금의 행복감은 더욱 높아진다.

나는 행복사냥을 한다. 작은 것에 만족하고 큰 욕심 부리지 않으며 살아온 날의 부끄러운 일까지 나만의 소중한 행복자산으로 여기는 습관을 들이고 있다. 그러니 더욱 행복하다.

"나는 생각한다. 고로 존재한다."

멋진 말을 남긴 철학자 데카르트 흉내도 내 본다.

"나는 행복사냥을 한다. 고로 존재한다."

이 얼마나 멋진 말인가? 이 멋진 말을 할 수 있는 삶은 또 얼마나 멋진 삶인가? 나의 행복사냥은 끝이 없다.

더불어 사는 즐거움

김광룡

서울포럼운영위원장

요즘은 딸들이 낳은 손주들 보는 재미에 산다. 어제는 큰
딸이 큰애 유치원 추첨에 참가한다며 둘째 아이를 데려다 놓
고 갔다. 오후가 되자 탁구공 뽑기 추첨에서 공탕을 뽑아 집
가까운 초등학교 병설유치원에 떨어졌다며 상심한 딸이 아
이를 데리러 왔다. 때마침 작은딸도 아이를 데리고 왔다. 그
렇게 손주 셋이 모이니 집안이 떠나갈 것 같다. 저희들끼리

놀다 갑자기 뛰어와서는 안기기도 하고 넘어져 울기도 했다.

저녁을 어떻게 먹었는지도 모르게 시간이 금방 갔다.

친구들과 어울리는 시간도 즐겁다. 자전거를 타고 탄천 길을 따라 자연과 인공이 어우러진 경치를 즐긴다. 날씨가 좋으면 자전거로 서판교에 사는 큰딸 집에 가서 두세 시간 손주와 놀다가 오기도 한다.

한 달에 한두 번은 등산을 간다. 서울 근교에 있는 산들은 아름답기도 하지만 잘 정비하여 편리하게 오를 수 있다.

신앙생활도 즐겁다. 교회에서 주차봉사도 하고 선교회 모임과 남성찬양대 활동도 한다. 수요일에는 낮 예배안내 위원으로 봉사를 하고, 주일은 온종일 교회에서 지낸다.

생활은 연금으로 산다. 의식주는 여유 있고 넉넉한 사람에 비교하며 한탄하거나 욕심낼 필요가 없다. 적으면 적은 대로 있으면 있는 대로 분수에 맞게 사는 게 좋다. 모든 것을 내려놓고 긍정적으로 사는 것이 스트레스도 받지 않고 건강에도 좋다.

행복은 멀리 있는 것이 아니라 주변에 가까이 있다. 욕심을 버리고 가족과 친구와 이웃을 생각하며 더불어 어울리며 사는 것이 행복이다. 지나간 과거에 집착하거나 근심하고 걱정해야 소용이 없다. "진인사 대천명(盡人事待天命)"이라는 말처럼 해야 할 일은 최선을 다해 준비하고 기다리면 된다. 안 된다고 실망하거나 낙심할 필요가 없다. 다음에 기회가 또 오겠지 하면 만사가 다 편해진다.

긍정적인 생각은 행복으로 가는 지름길이다. 부정은 또 다른 의심과 오해를 낳지만 긍정은 나뿐만 아니라 주위 사람들에게도 좋은 영향을 준다.

더불어 사는 즐거움에 오늘도 나는 행복하다.

시병이 넘쳐나는 세상을 꿈꾸며

정순영

전 국회수석전문위원

70을 바라보는 노시인의 이야기다. 고등학교 선배인데 그는 돈에 욕심이 없어서 어떤 모임에 가더라도 꼭 지갑을 열었다. 훤칠한 키에 매혹적인 바리톤 음색을 지녔다. 시낭송회에서 노스탤지어를 자극하는 시낭송과 샹송을 부르면 최고의 인기를 누렸다. 무슨 모임이든 초대만 하면 군말없이 와서 덕담과 시집을 건네며 몹시 수줍어하는 한없이 좋은 사

람이다. 유명방송사의 기자로 평생을 봉직했는데 퇴직 후에
도 몹시 바쁘게 산다.

어머니는 이런 사람을 '시병(時病)'이라고 했다. 국어사전
에는 '계절에 따른 유행병'이라고 나오지만, 어머니가 하신
말씀은 '타고난 기질', 또는 '어느 순간부터 시작된 습성'이
라는 뜻으로 '어느 자리에서나 사람이 좋아 자신의 잇속을
따지지 못하고 주머니를 쉽게 여는 사람'을 의미한다.

아내는 내게도 시병이라고 빈정거린 적이 많다. 매번 '이
번에는 먼저 지갑을 열지 말아야지'라고 생각한 적도 있지
만 노력만으로 잘 안 되니 도리가 없다. 남보다 먼저 지갑을
열고 마음 편해지는 것이 더 좋다. 친구 중에는 교회의 십일
조는 열심히 바치지만, 친구 만날 때 지갑을 여는 모습을 보
인 적이 없는 친구도 많다.

그때마다 나도 일상에서 지갑 여는 것보다 교회 가서 십일
조를 드리는 것이 낫지 않을까 생각해 본 적도 있지만, 언제
나 지갑을 여는 것이 훨씬 마음 편하고 행복했으니 아내 말
대로 시병이 아니라고 할 수가 없었다.

조병화 시인은 친구들에게 밥을 많이 샀다고 한다. 이 역시 시병임에 분명한데 문제는 친구들이 식사를 마치고 헤어지면서 꼭 염장을 지른다는 것이다.

"너는 마누라 잘 만나서 이렇게 밥도 사고 부럽다."

친구들이 밥을 얻어먹었으면 고맙다고 해야 하는데, 오히려 산부인과 의사를 아내로 둔 시인을 두고 비아냥거리듯 말했다고 한다. 그런 말을 들을 때마다 시인은 '다음에는 국물도 없다'고 다짐했지만 다시 만나면 시병임을 증명이라도 하듯 또 지갑을 열었다는 것이다. 천성은 어쩔 수 없다.

'그리움을 아는 자만이 내 슬픔의 의미를 알리라.'

괴테의 미뇽시에 구절이 떠오른다. 어쩌면 시병도 이와 같이 인간 본능의 샘에서 나오는 것은 아닐까?

세상은 약삭빠르게 지갑을 챙기는 것만으로 살 수 없다. 자신의 잇속을 생각하기에 앞서 본능적으로 먼저 지갑을 열어 누군가에게 베푸는 삶에서 행복을 찾는 이들도 많다.

나는 남에게 빚을 지거나 잇속을 따지는 일에 익숙하지 못해 아내에게 시병 소리를 들으면서도 차라리 지갑을 여는 것이 더 마음 편하고 행복했기에 지금은 아예 시병처럼 사는 삶 속에서 행복을 찾기로 했다.

그래서인지 시인인 선배 같은 시병이 눈에 많이 띈다. 이런 분들을 위해 더욱 살 만한 세상이 빨리 왔으면 한다. 잇속에 물들기보다 관계를 중요하게 여기는 시병들이 넘쳐나는 세상을 꿈꾸며….

순리대로 사는 것이 행복이다

정흥락

미강생태연구원 대표

행복은 힘들이지 않고도 얻을 수 있다.

새벽에 일찍 일어나서 맑은 공기를 마시는 것은 행복한 일이다. 아침을 먹는 것도, 화장실 가서 큰일을 보는 것도, 출근길의 상쾌한 발걸음에도 나는 즐거움을 느낀다. 저녁때가 되어 배가 고파오는 것도 즐겁다. 점심을 과하게 먹었으면 저녁때가 되어도 배가 고프지 않았을 것이기 때문이다.

회사가 집에서 가까운 것도 행복하다. 특별한 일이 없으면 집에 와서 점심과 저녁을 먹는다. 아내도 직장에 다녀서 아침, 점심, 저녁에 쌓인 설거지는 내 몫일 때가 많다. 아내가 퇴근하기 전 설거지를 깨끗이 해놓고 가끔은 청소까지 해서 칭찬 받으면 그 또한 즐겁다. 물론 시간이 여의치 않아 소홀히 하거나 과음하여 핀잔이나 잔소리를 들을 때도 있지만 좀 더 잘해야 되겠다고 다짐하는 자체도 즐겁다.

중2 막내아들이 게임에 빠져있는 것을 보면 야속하기도 하지만 나는 그다지 뭐라 하지 않는다. 며칠 전에 "수덕사에 큰 스님 뵈러 한 번 가야지?" 했더니 "예, 인사 드리러 가야죠. 기말시험 끝나면 가요."라고 하기에 문득 행복을 느꼈다. 가끔 가족과 함께 천년고찰의 잘 아는 노승을 찾아서 친견하고, 노승께서 직접 조제하여 우려주신 차를 마시고 있노라면 그보다 더한 행복이 없다. 고승대덕의 법문과 깊은 산 천년고찰의 기운을 받고 오니 더더욱 행복하다.

매일 숨만 잘 쉬어도, 하루 세 끼 밥만 잘 챙겨 먹을 수 있어도 우리는 행복할 수 있어야 한다. 많은 사람들이 반복된 일상에 지겨움을 느끼고 새로운 것을 계속 찾다가 과욕을 부리며 행복을 놓치고 있다.

어려서는 학벌을 쫓아가고, 어른이 되어서는 권력과 명예를 쫓아가고, 나이가 더 들면 돈을 쫓아가고, 말년에야 건강을 찾지만 노환으로 거동이 불편해지면 어디에서 행복을 찾을 수 있을까?

우리는 모두 자연에서 와서 자연으로 돌아간다. 생태계의 일원으로서 물질순환과 에너지 흐름에 따라 끊임없이 순환하고 흘러간다. 이러한 자연의 이치를 거스르지 않을 때 우리는 행복할 수 있으리라 믿는다. 내 몸을 이루고 있는 세포 하나하나의 기능과 역할을 존중하고 보호할 때 행복하듯이 이 우주를 구성하고 있는 모든 물질과 생명을 존중하고 사랑하는 것이 곧 행복의 시작이라 믿는다.

행복해지는 비결은

즐거움을 얻기 위해서만 노력할 것이 아니라,

노력 그 자체에서 즐거움을 발견하는데 있다.

— 앙드레지드

진실로 행복한 여인의 삶

이요섭

수필가

나는 문학지망생들의 작품을 지도하고 있다. 그런 중에 한 여인을 만났다. 여인은 침실에 누워 있는 허약한 체질이다. 바람이 세차게 불어오면 날아갈 것 같은 가녀린 체구인데, 남편의 지극한 간호로 건강을 회복했다.

화가였던 여인은 다시 그림을 그리며 봉사할 수 있는 곳을 찾았다. 그러던 중에 장애인들이 그림을 그리는 화실을 알았다. 화실에서 공동체 생활을 하는 1급 중증 장애인들이다. 그 곳에서 입으로 그림을 그리는 장애인에게 음식을 먹여주고, 붓통에 물을 갈아주고, 이젤을 챙겨주며 사랑으로 봉사해 주는 여인에게 한 장애인이 선물을 주었다.

"누나에게 선물을 하고 싶어요. 돈으로 사드릴 수는 없으니 내가 선물을 만들어 드릴게요. 종이를 사각으로 잘라 내 입에 넣어 주세요."

여인은 장애인의 입에 종이를 넣어 주었다. 장애인은 입을 우물거리더니 '툭' 하고 손바닥에 침이 묻은 종이배를 만들어 주었다. 여인은 세상의 어느 선물보다 더 귀하게 비닐봉지에 담아 손지갑 안에 간직하고 다닌다.

여인은 그 이야기를 〈종이배〉라는 작품으로 썼다. 문학지의 신인상을 수상하여 수필가로 활동하고 있다.

나는 그동안 여인과 이메일만 주고 받았다. 한번은 만나보고 싶어 그들이 생활하는 화실을 찾았다. 화실 문을 밀고 들어설 때 가녀린 소녀 같은 중년의 여인이 박꽃처럼 소박한 미소로 맞아주었다. 그리고 장애인들을 소개해 주었다. 1급 장애인 5명, 정신장애인 2급 2명 등이 공동체를 이루며 생활하고 있었다. 그들은 서로에게 발과 팔이 되어주며 나눔을 실천하고 있었다.

화실에서는 장애인들이 입술이 부르트고 발가락에 물집이 생겨도 붓 끝으로 작품을 토해내고 있었다. 예술혼을 불태우는 그들의 정신과 묵묵히 봉사하면서도 겸손한 여인의 모습은 나를 부끄럽게 만들었다.

원장은 누워서 그림을 그린다. 여인은 그 옆에 그림자처럼 있다. 여인이 없으면 그들은 아무것도 할 수 없다. 음식을 먹여주고, 잔심부름까지…. 여인은 허약한 몸이라 잔병이 많다. 하지만 그들이 마음에 걸려 누워있을 수 없다고 한다.

사랑보다 생을 더 행복하게 하는 것은 없다. 여인은 장애인들과 생활하면서 진정으로 행복해 하고 있었다.

여인의 얼굴은 크리스탈처럼 맑고 투명하다. 마치 살아있는 천사를 보는 듯했다.

　여인 앞에 서면 나는 과연 이웃을 위하여 무엇을 했는지
한없이 초라하고 부끄럽다.

왜 남자는 눈물을 보이면 안 되나

조영기

고려대학교 교수

"남자가 이리 약해서 뭘 하겠나?"

주말연속극에 몰입하다 나도 모르게 눈물이 나왔다. 코도 훌쩍거리며 몰래 눈가의 물기를 훔쳤다. 옆에 있던 집사람이 곁눈질을 하면서 핀잔을 준다. 예전엔 분명 마누라가 눈물이 많았는데 이제는 내가 더 자주 눈물을 보이니 이 무슨 조화란 말인가?

"남자는 세 번만 울어야 한다. 태어날 때, 부모님이 돌아가실 때, 나라에 일이 생겼을 때."

어렸을 때부터 많이 들었던 말이다. 그때는 당연하다 생각했지만 나이를 먹어갈수록 이 말에는 문제가 좀 있다는 생각을 지울 수 없다.

인간은 감정의 동물이다. 슬픈 장면을 보고 슬퍼하는 것은 그만큼 감정이 풍부하다는 의미이다. 희로애락(喜怒哀樂)은 인간 본성이다. 다시 말해 기쁠 때 기뻐하고 화날 때 화내고, 슬플 때 슬퍼하고 즐거울 때 즐거워하는 것은 인간본성이다. 우리의 인생이 귀중한 까닭은 바로 우리가 희로애락을 향유할 수 있기 때문이다.

그런데 슬픈 장면을 보고 슬픈 감정의 결과물인 눈물을 보이지 말라니 이건 정말 문제가 있는 말이다.

전철에서 예쁜 여학생이 이어폰으로 노래를 듣고 있다. 그녀의 머리가 좌우로 아주 작게 흔들린다. 아마 선율에 맞추어 머리를 좌우로 흔들고 있는 것 같다. 그런데 이내 눈물이 여학생의 두 뺨을 적신다. 무슨 사연인지 알 수는 없지만 전

철에서 주변의 시선은 아랑곳하지 않고 선율에 심취한 여학생의 눈물이 별빛처럼 보였다. 저렇게 감정을 표현하고 나면 가슴 속에 막혔던 무엇인가가 풀리는 것을 느낄 것이다. 진솔하게 자신의 감정을 눈물로 풀어낼 수 있다는 것은 얼마나 아름다운 일인가?

눈물은 일상과 많이 연관되어 있다. 그만큼 눈물의 종류도 많다. 순수의 눈물도 있고 환희의 눈물도 있다. 감사의 눈물도 있고 미안함의 눈물도 있다. 이런 눈물은 개인이나 공동체를 이롭게 하는 눈물이다. 물론 가식으로 개인과 공동체를 해롭게 하는 눈물은 경계해야 한다. 하지만 눈물의 긍정적인 면을 무시할 수 없다.

"한바탕 울고 나면 속이 후련하다."

우리의 할머니와 어머니들이 했던 말이다. 가슴 속의 응어리를 푸는 특효약이 바로 눈물이다.

하늘은 인간을 만들 때 희로애락을 표현하도록 했다. 눈물은 기쁨과 슬픔을 표현하는 가장 기본적인 수단이다. 가슴이 벅찬 환희를 느낄 때도 눈물을 보이지만, 너무 슬퍼 말로 표현할 수 없을 때도 눈물을 보인다. 눈물은 우리가 살아가면서 가장 자연스런 감정표현의 수단이다.

그런데 남자니까 눈물을 보이면 안 된다니?

그렇다면 어떻게 희노애락을 표현하란 말인가?

나는 오늘도 "남자는 평생 동안 3번만 울어야 한다"는 말에 반기를 들고 TV나 영화를 보며 벅차게 기쁘거나 슬픈 장면을 보며 눈물을 흘린다.

행복은 1%의 선택에 달려 있다

강승규

고려대학교 교수

몇 년 전 LA에 오래 사시던 아버지가 돌아 가셨다. 10년 동안 치매 걸린 아버지 병치레에 고생이 심한 어머니는 더욱 쓸쓸해 보였다. 그나마 LA에 동생들이 같이 살고 있어 위안을 삼을 뿐이다. 큰아들인 나는 한국에서 이런저런 일로 전화안부도 제대로 드리지 못하는 형편이다. 어느 날 새벽에 어머니로부터 전화가 왔다.

"그래 잘 있었니? 네가 LA 텔레비전에 지금 나오길래 전화했다."

"아. 그래요. 제가 오늘 종편에 출연했는데 그게 나가는 것 같습니다."

"그래, 아주 잘나온다. 잘 해라. 매사 조심하고⋯."

"예, 어머니."

자주 연락도 없던 큰아들을 TV로 보니 대견했던 모양이다. 어머니 사시는 아파트에 다른 한인 할머니들에게도 한국 큰아들 자랑을 많이 하셨나 보다. 생각지 않았던 방송출연이 80대 어머니에게 행복을 안겨주고 간접적인 효도를 할 수 있게 해주었다. 그 후 어머니에게 조그만 행복을 선사하기 위해 그 종편 방송국에서 출연 섭외가 오면 만사를 제치고 우선적으로 나가고 있다. 어머니와 큰아들의 작은 행복라인이 형성된 셈이다.

행복이란 무엇인가?

행복에는 1%의 법칙이 있다고 생각한다. 어느 순간이건 우리는 행복과 불행의 평균대를 걷고 있다. 아무리 힘들고

어려워도 불행의 지수를 49% 이하로 떨어뜨린다면 행복해
질 수 있다. 내 마음의 행복이 51% 이상을 차지하면 언제든
지 행복할 수 있다. 그러니까 딱 1%가 행복과 불행의 경계를
나누는 것이다.

물론 1%의 법칙을 잡으려면 꿈을 꿔야 한다. 미래의 하고
싶은 다양한 꿈을 갖기 위해서는 긍정적이고 적극적이고 순
수해질 필요가 있다. 이러한 꿈만 잘 가꾸면 행복은 51% 이
상을 유지할 수 있다.

행복이 100%이건 51%이건 많고 적음은 큰 문제가 되지 않
는다. 중요한 건 1%의 싸움이다. 여기에 행복의 비결이 있
다.

행복은 다른 무엇인가를 사랑하는 데에서 싹튼다.

– 윌리엄 조지 조던

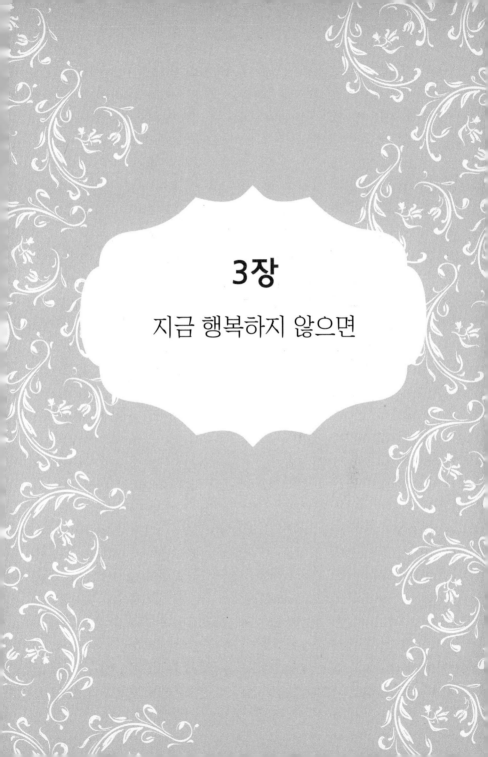

3장

지금 행복하지 않으면

정원을 가꾸는 마음으로

이만의

전 환경부장관

새벽에 교회에 다녀오면서 동네의 크고 작은 정원을 청소한다. 계절 따라 꽃과 잎, 풀과 덩굴, 키 작은 나무와 키 큰 나무들이 우리에게 아름다운 경관은 물론 대기정화와 향기, 안식의 그늘을 제공해 주니 얼마나 고마운가? 정원을 청소하면서 매번 자연이 준 풍요로움에 행복을 느껴 본다.

사람들은 밤새워 담배꽁초, 휴지, 각종 음식물과 용기(容

器), 심지어 구토와 방뇨, 애완동물의 배설물을 방치하는 등 이해하기 어려운 행동으로 정원을 망가뜨린다. 우리가 스스로 가꿔야 할 환경을 아무렇지 않게 어지럽히는 사람들을 볼 때마다 안타까운 마음을 금할 수 없다.

환경 관련 활동을 해오면서 잡초부터 키 큰 나무까지 식물들과의 교감을 넓힐 수 있는 것을 큰 행복으로 여기고 있다. 야생식물을 보호하고 자연과 인간의 공생을 추구하는 이 삶이 어찌 행복하지 않으랴?

환경운동을 하면서 배운 것 중에 하나가 식물도 외부의 자극에 민감하게 반응한다는 것을 알게 된 것이다. 우리가 하찮게 여기는 풀 한 포기도 우리가 정성으로 가꾸기 시작하면 감응하고 그대로 우리 인간에게 사랑을 돌려주는 것을 느낄 수 있다. 환경을 사랑하면 더욱 행복을 추구할 수 있다는 것을 일깨워주는 산 교훈이다.

행복하고 싶다면 먼 곳에서 찾을 것이 아니라 나와 더불어 사는 주변의 모든 환경을 사랑하며 더불어 사는 길을 추구할 일이다.

2014년 전남 순천에서 6개월에 걸쳐 '순천만국제정원박람회'를 개최했을 때 440여만 명이 찾았다. 자연을 사랑하는 마음 속에 행복을 추구하는 본성이 담겨 있음을 알 수 있는 성과였다.

정원(garden)이란 오로지 자기가 자연과 대화하여 힘을 회복하는 '자유와 치유의 공간'이다. 자연의 일부인 사람이 대자연(Nature)과 교감하면서 시너지를 창조한다는 건 얼마나 근사한 일인가!

행복은 '내 마음의 정원'을 가꾸는데 있다. 긍정의 따뜻한 에너지로 충만한 가슴을 먼저 열고, 나로 인해 주위가 밝고 행복한 공동체로 변화된다는 상상을 해보자. 그것만으로도 이미 행복의 문턱을 넘어서는 것이다.

주말 늦잠 속으로 스며드는 행복

이용환

한반도선진화재단 사무총장

토요일에는 평상시보다 좀 늦게 잠자리에서 일어난다. 잠자리에 가만히 누워 창밖을 보거나 새소리와 바람소리를 듣는다. 온 세상이 평화롭고 편안하다.

겨울 동안 잠겼던 창문을 열고 맞는 봄바람은 가슴을 설레게 한다. 이른 봄의 바람은 약간 냉기가 있지만 꽃보다 먼저 오는 봄의 전령으로 부드럽다. 시골에서 아낙들의 나물 캐는 소리가 들리는 것 같다. 바람에 찬기가 가시기 시작하면 봄은 더욱 완연해진다.

날씨가 더워지면 바람도 더위에 흐느적거리기 시작한다. 하지만 폭염이 내리쬐는 여름이라도 아침에 부는 바람은 선선하다. 그래서 아침에 부는 바람을 좋아한다. 그것도 아침 늦잠에 깨어 느끼는 창문에서 불어오는 바람이 좋다.

아침 창밖에 찾아오는 바람은 계절의 변화에 민감하다. 한여름이 지나면 바람결에 실려오는 공기가 선선해진다. 시골에서 고추 말리는 멍석위로 잠자리떼가 하늘하늘 미풍을 날리는 것만 같다. 어느덧 섬돌 밑의 풀벌레소리가 깊어지면 좀더 푹신한 이불로 바뀌면서 낙엽에 부는 바람은 더욱 서늘해진다. 깊어가는 가을을 알리는 것도 바람이다.

나는 빗소리를 좋아한다. 창문에 부딪히는 빗줄기도 좋지만 땅에 떨어지는 빗소리도 좋다. 처마에서 떨어지는 빗소리는 음악이다. 비 오는 아침이면 하염없이 빗소리에 빠져든다.

봄비는 소리 없이 온다. 신경을 써야 들을 수 있다. 새싹에 희망을 주는 봄비가 좋다. 여름비는 격정적이다. 태풍과 함께 오는 비는 더욱 격정적이다. 창가에 세차게 부딪치며 내 안의 격정을 일깨우곤 한다. 가을비는 을씨년스러울 때가 많다. 처마 밑에 떨어지는 빗소리도 창가에 부딪히는 비도 힘이 없다. 겨울비는 소식이 뜸하다. 대신 소리없이 내리는 눈으로 변신을 한다. 눈이 내릴 때는 창문을 아주 닫아 버린 상태라 하늘하늘 나부끼며 창가에 부딪히는 모습만 볼 뿐이다.

아침 늦잠에서 즐기는 것은 자연의 소리이다. 봄에는 이름도 모르는 새들의 울음소리에 잠이 깬다. 산 밑에 사노라면 각종 새들이 봄소식을 알린다. 날씨가 조금 더워지면 먼 산에서 뻐꾸기 소리가 들린다. 밤에는 소쩍새 소리도 들을 수 있다. 어느 새 매미소리가 들리기 시작하면 여름이 한창임을 알 수 있다. 가을은 풀벌레소리가 정겹다. 입추가 되면 풀벌레소리도 유난히 크게 울려 퍼진다. 가을은 귀뚜라미 등에 업혀 오고 뭉게구름을 타고 온다. 무더운 여름에 지쳤던 사람들은 가을 소식에 활기를 찾는다. 겨울을 맞는다. 창문이

닫히면서 밖의 소리도 잠시 동면에 들어간다.

아내도 봄소식을 전해주는 전령사다. 주택에 살 때는 바람이나 꽃보다 아내의 움직임이 봄을 더욱 실감나게 할 때가 많았다. 아내는 꽃밭 가꾸기로 이른 아침을 열었다. 아내가 바빠지면 봄이 왔음을 느낄 수 있다. 찬 기운이 아직 가시지 않은 이른 아침에 잠에서 깨어 밖을 보면 항상 아내가 꽃밭을 가꿨다. 아내는 봄꽃에 정성을 기울인다. 작업은 여름까지 이어진다. 가을이 되면 뒤처리는 내 몫이다. 주택에 살 때에는 해마다 낙엽 때문에 아침에 일어나서 마당과 길을 쓰는 것이 일상이었다. 목련의 낙엽은 입도 크고 두꺼워서 쓸기가 쉽지 않았지만 낙엽을 쓰는 즐거움을 어쩌지 못했다. 겨울이면 텅 빈 꽃밭과 무성했던 나무가 빈 가지를 드러낸다. 소소한 계절의 변화를 즐기며 삶을 뒤돌아보고 간혹 행복감에 취하곤 한다.

　주말에 잠을 푹 자고 잠자리에서 즐기는 소소한 기쁨은 마음을 편안하게 해준다. 마음이 평안하니 세상도 평화롭고 모든 일이 행복처럼 다가선다.

특히 늦잠에서 깨어나 나만의 시간에 이것저것 상상하는 자유는 그 무엇과 비교할 수 없는 만족감을 준다. 행복은 먼 데 있는 것이 아니고 내 주변 일상 어디에서나 느낄 수 있음을 나는 오랜 경험으로 안다.

도토리를 뒤지며 발견한 '행복'

김소열

한선홍보교육팀장

아파트 단지 공원에는 상수리나무 몇 그루가 있다. 아파트가 지어진 지 20년이 넘었으니 나무는 그 이상 되지 않았을까? 올해는 풍년이라 양이 많았다. 청솔모가 아파트를 찾아 도토리를 담아 가는 모습까지 볼 수 있었다.

6살인 큰애는 도토리 줍는 일에 신명이 났다. 다음날은 3살인 동생까지 데리고 나갔다. 나무 근처에는 할머니 서너

분이 자리 잡고 있었다. 가끔 나무를 흔들기도 하고, 팔뚝만
한 나무토막을 열매가 달린 나뭇가지로 힘껏·던지는 분도 계
셨다. 갑자기 바람이 불어 도토리가 '두두두' 땅에 떨어지
면, 그 소리에 맞춰 모두들 몸을 바짝 낮추고 귀를 쫑긋 세
운다. 동네 할머니들의 경쟁적인 도토리 줍기에 아이들이 끼
어든 것이다. 도토리를 주웠지만 딱히 처리할 방법은 없다.
주운 걸 모아보니 20개쯤, 그걸로 묵을 쓸 수도 없었다. 나
는 아이에게 도토리를 할머니에게 드리자고 했다. 이해가 빠
른 큰애는 얼른 할머니에게 달려가 두 손 가득 있던 도토리
를 주고는 뭐가 그리 좋은지 헤헤 웃으며 돌아온다. 그 모습
을 본 둘째도 뛰어가서 할머니에게 도토리를 건네주고 웃는
다. 자기도 잘했는지를 묻는 것 같아, 머리를 쓰다듬으며 잘
했다고 칭찬해 주었다.

집으로 돌아오는 길에 뭐가 그렇게 좋은지, 얼굴이 환해진
큰 아이에게 물었다.
"태민이는 왜 이렇게 기분이 좋아?"
"그냥."

갑자기 궁금해서 아이에게 물었다.

"태민이는 행복이라는 단어를 알아?"

아들 녀석은 휘둥그레진 눈으로 나를 쳐다보더니 당연하다는 듯이 말했다.

"함께 할 때지."

"함께 할 때?"

"응, 아빠, 엄마, 동생 태훈이랑, 자동차, 집도."

차와 집까지도 애한테는 가족이었다.

"그럼, 태민이는 어린이집에 있을 때는 슬퍼? 그때는 아빠, 엄마랑 같이 없잖아?"

아이는 아무렇지 않은 표정으로 대답한다.

"아니, 그때는 친구들이 함께 있잖아. 음악선생님, 체육선생님, 이야기선생님도."

나는 더 이상 질문을 이어갈 수 없었다. 큰애한테 뒤통수를 크게 얻어맞은 기분이었다.

며칠 후 나는 레이먼드 조의 〈상처받지 않고 행복해지는 관계의 힘〉을 다시 펼쳐보았다. 소설에서는 성공을 쫓는 신팀장에게 조이사가 "행복은 관계에서 나온다"는 메시지를 단계적으로, 그리고 치밀하게 전달하는 내용이 나온다. 사회 생활의 본질은 인간관계의 힘이고, 성공의 크고 작음도 관계의 힘에서 나온다. 직장에서도 해고의 원인은 업무능력의 부족보다 관계능력의 부족이 더 크다는 사실도 알려준다.

도토리가 사라진 11월말에도 둘째는 내 손을 잡아끈다. "도토리, 도토리"라며 나무 밑 자리로 데려간다. 조그마한 녀석도 행복이 '함께 하는 것'이라는 것을 알고 있는 걸까?

요즘도 나와 둘째는 누구도 찾지 않는 그 곳에서 나뭇가지로 낙엽을 흩어가며 도토리, 아니 행복을 뒤지고 있다.

행복을 즐겨야 할 시간은 지금이다.

행복을 즐겨야 할 장소는 여기다.

– 로버트 인젠솔

노래가 가져다 준 행복

최창현

가톨릭관동대학교 교수

　교수의 가장 큰 행복은 학문을 연구하는 것이다. 자신이 연구하는 학문에서 큰 업적을 남기는 것은 교수로서 가장 큰 행복이자 영광이다. 나 또한 교수로서 학문을 연구할 때 큰 기쁨과 보람을 느낀다.

　그런데 내게는 학문연구 못지않게 행복한 일이 있다. 그것은 노래를 부르는 일이다. 4년 전에 우연히 여러 사람들 앞

에서 노래를 부르게 되었다. 그동안 노래를 듣는 것은 좋아
하지만, 음치와 박치여서 잘 부르지 못했는데 그 날은 긴장
감이 더해 더욱 형편이 없었다. 노래가 끝난 후 지인들의 농
담어린 핀잔을 듣고 노래를 잘 부르는 사람이 정말 부럽게
느껴졌다.

그래서 작정하고 노래공부를 시작했다. 남들 앞에서 당당
하게 노래를 불러보고 싶었고, 노래에 대한 두려움을 이겨내
고 싶었다. 워낙 심한 박치였던 나는 한 곡을 정해 매일매일
수도 없이 3년 정도 반복해서 들었다. 운전할 때도, 걸을 때
도, 연구 도중 잠깐 쉴 때도 틈날 때마다 한 곡만 들으며 박
자와 음정이 몸에 밸 정도로 익혔다. 하루 종일 들은 노래는
저녁에 노래방에서 서너 시간 반복해서 부르며 연습을 했다.
처음엔 혼자 노래방에 간다는 것이 부끄러웠다.

이런 노력 덕분에 노래 실력은 점점 늘어갔으며, 노래에
점차 자신감을 갖기 시작했다. 주위의 칭찬이 늘어가면서 남
들 앞에서 노래 부르는 것이 즐거운 일이 되었다. 예전 노래
실력을 알고 있는 사람들은 믿기지 않는 듯 정말 놀라워하며
어떻게 된 일인지 묻기도 한다. 정말 피나는 노력이 가져다

준 성과였다.

노래는 스트레스를 해소하는 데도 도움이 되었다. 또한 연구에 대한 새로운 아이디어도 많이 가져다 주었다. 실제로 노래를 시작한 후 연구 성과도 더 높은 긍정적인 영향을 보였다. 노래가 삶의 큰 행복으로 자리잡으면서 삶의 활력을 찾기 시작한 것이다.

지금도 노래방을 자주 찾는다. 발라드, 트로트, 재즈, 뮤지컬, K-pop, 힙합, 팝페라 등 여러 장르의 곡들을 연습하고 즐겨 부른다. K-pop 매력에 푹 빠져 케이윌 등 아이돌의 콘서트를 직접 관람하기도 했고, 시엔블루, FT 아이랜드 등의 보이그룹이나 티아라 등의 걸그룹 노래들도 연습하면서 나만의 행복을 느낀다.

가족의 소통을 일깨우는 연말 이벤트

김종근

한국기술평가연구원 연구위원

매년 11월이면 막내딸이 축하장식용품을 사들인다. 지난 해에는 크리스마스 트리와 점등, 산타 아바타 등의 장식품을 사들였다. 지지난 해에는 창문에 산타 할아버지가 썰매 타는 큰 스티커 장식을 해 놓았다. 그 스티커는 지금까지 거실 창문에 붙어 있다. 매년 딸이 기획하고 설계하는 연말 계획에 행복이 충만해진다.

12월 둘째 주는 딸의 생일이다. 딸은 선물을 받기보다 가족에게 하고 싶었던 이벤트를 찾아 준비한다. 그래서 그맘때면 집안 분위기가 절정에 달아오른다.

나는 지난해 여러 종류의 카드로 가족들에게 연말 메시지를 띄웠다. 그리고 나 자신에게도 일 년간의 수고와 새해 다짐을 써서 크리스마스 트리에 끼워 두었다. 크리스마스이브에 성탄예배를 드리고 나서 서로 카드를 열어 읽어보며 즐거워했다.

올해는 선물의 집을 둘러보다 컴퓨터 마우스 패드가 눈에 들어왔다. 컴퓨터를 사용할 때마다 매번 딸의 마우스 패드를 빼다 사용했는데 그것이 마음에 걸렸다. 그래서 채 만 원이 안 되는 패드를 딸 생일 선물로 주었다.

올해에는 아흔이 넘으신 할머니의 모습과 한해 동안 가족과 함께 했던 추억들을 앨범으로 만들었다. 그 앨범을 보면서 가슴이 뜨거워지고 뭉클했다. 행복한 순간이다.

연말에 딸이 펼친 행사가 이제 가족 행사로 자리 잡으며 소소한 행복을 일깨워주고 있다. 어느덧 20년 전의 일이다.

초등학교에 다니는 딸이 처음에는 스케치북에 색칠을 하고, 색종이를 오려 축하 테이프를 만들면서 시작한 일이다.

그 작은 일이 어느덧 연말이면 가족이 소통하는 행사로 커진 것이다. 서로 소통하고 서로 사랑하는 사람들과 교감할 때 행복의 엔돌핀이 온몸에 퍼져가는 기쁨을 느낀다.

내가 찾는 행복의 길

배학

가천대 초빙교수

처음 얼마간은 혼자 남겨진다는 것이 외롭고 두려웠다. 가족과 많은 시간을 보내고 친구들과 많이 어울려도 그들 모르게 내가 혼자서 감당해야 하는 시간이 점점 늘어갔다. 당황스러웠다. 이 많은 혼자의 시간들을 어떻게 감당해 낼 것인가?

도망치듯이 찾은 곳이 지리산 둘레길이다. 망설였다. 남들이, 아내와 자식들이 이상하다 생각지 않을까? 여태껏 혼자서 여행해 본 적은 없었다. 며칠 동안을 혼자서 걷고 먹고 자고 하는 것이 괜찮을까? 외롭지 않을까?

행선지만 정하고 배낭을 꾸려 나섰다. 터미널에 가니 기다려야 했다. 시간을 아까워하지 않았고 조급해하지도 않았다. 대기소에서 사람들의 모습을 바라보며 왁자지껄 떠드는 그들의 소리에 귀를 기울였다. 예전 같으면 관심이 없어 성가시기만 한 일들이었다. 1시간의 기다림도 그리 지루하거나 길게 느껴지지가 않았다. 생각을 바꾸니 듣고 보고 기다리는 모든 것이 모두 여행 그 자체가 되었다.

첫째 날은 오후 2시부터 걸었다. 지리산자락의 공기는 맑고 상쾌했다. 탁 트인 한쪽 경사면을 오르내리며 4시간 가량을 걸었다. 이마와 등에 땀이 배이면서 몸과 마음이 해체 되는 느낌이다. 잡다한 생각들이 머리에서 떠나질 않는다. 후회, 걱정, 불안, 서운함 같은 감정들이 수시로 떠오르고 사라지기를 반복했다.

어두워지자 민박집에 묵었다. 아주머니가 해준 포실포실

117

하고 뜨거운 김이 나는 밥에 향기가 가득 밴 나물 반찬과 상추로 정말 꿀맛 같은 식사를 했다. 지리산자락에서 직접 키운 재료로 만든 반찬들은 산 내음이 그대로 살아있었다. 5.000원으로 즐길 수 있는 최고의 식사였다.

둘째 날은 다른 세상에 와있는 것을 실감했다. 주인 내외의 배웅을 받으며 9시부터 걸었다. 줄곧 오르막이다. 차츰 숨이 가빠지는 만큼 생각은 없어진다. 길옆 과수원에는 발그레 물든 사과가 주렁주렁 달려 있다. 앞마당에는 꼬마가 흙 묻은 장난감 자동차를 타고 있다. 보이는 모든 것이 나를 즐겁게 한다. 나도 모르게 콧노래가 절로 나왔다.

"가을바람이 산들 부~운~다."

산길을 걸으며 노래를 부른다. 외로움이라니? 천만의 말씀이다. 행복하다. 생각이 단순해지고 정리되면서 평온한 마음이다. 한 사람만 더 있어도 느끼지 못할 행복이다. 내가 스스로 행복해야 한다. 8시간을 걸었다.

셋째 날은 적당한 피로와 익숙함이 오히려 활기를 준다.

엇갈리며 지나는 사람들과 인사도 나누고 쉼터에서 마주치는 사람들과 짧은 이야기도 나누었다. 그 중의 젊은 한 사람은 3개 코스를 하루 만에 종주하는 중이라고 한다. 나도 그런 때가 있었다. 그러나 이제 걷는 길은 그런 길이 아니다. 도중에 길을 잘못 들어 몇 번을 돌기도 했지만 그대로 좋았다. 살아온 것처럼 실수하고 실패하고 잘못된 결정도 있지만 후회하지 않고 오로지 길을 간다.

집으로 돌아오는 버스 속에서 난 훨씬 활기차고 밝은 기분에 빠져 있었다. 기분 좋은 피로가 몸 가득 채워졌다. 내가 혼자서도 잘 지낼 수 있다는 사실과 다른 어떤 것보다도 내 안의 나를 찾아 긍정하고 내 삶의 의미를 찾아야 한다는 사실을 깨달았다. 차 안에서 편안하고 깊은 잠에 빠져 들었다.
저녁 늦게 집에 들어서니 아내와 딸이 밝은 얼굴로 맞아준다. 거울을 보니 내 얼굴이 환해져 있었다. 행복하다.

찾기, 누리기, 그리고 유지하기

안희동

아크홀딩스 대표

백설이 뒤덮은 겨울산을 혼자 찾는 것은 약간의 두려움까지 스며든 긴장된 일이다. 그런데 왜 산을 찾는가? 그것도 혼자! 산으로 들어서면 산 아래 있는 것들이 쓸모가 없어진다. 오직 제 몸 하나 건사해 제 발로 다시 돌아 와야 한다. 그래서 산을 찾는다.

오랜만에 찾은 산길은 숨이 차다. 사회가 요구하는 기준에 맞춰 나름 열심히 살아 왔다. 감사하게도…. 그러다 퍼득 정신을 차린 건 갑작스런 어머니의 죽음이었다.

왜 살지? 난 누구지? 그러다 얻은 평범한 진리는 내 마음이 천국이 되어 천국으로 살아야 된다는 것이다. 이게 내 행복 찾기의 요체다.

한참 능선 길을 걷는다. 회색으로 흐려지는 하늘, 쌓인 눈 위로 다시 날리는 눈발, 차 한 잔과 함께 김효근의 '눈'을 틀었다. 소프라노로만 듣다 언젠가 남성합창으로 들어 보니 베이스, 바리톤의 저음부가 더욱 깊은 서정을 울린다. 그윽한 합창이 텅 빈 산의 적요를 깨고 울려 퍼진다. 이어서 에디뜨 삐아프의 사랑의 찬가(Hymne AL'amour)! 이런 날은 산 찾는 이 없으니 오늘만큼은 나만의 기도의 밀실, 전용 음악실인 셈이다.

'존재'를 얘기할수록 '존재'로부터 멀어지고 만다. 행복을 말하면 행복으로부터 멀어지는 순간, 내게 시간은 의미 없다. 흐름도 없고, 현재 속에 과거, 미래가 다 들어 있다. 벗겨진 속살의 시니피앙이 의미의 시니피에로 치환되는 순간에 일어나는 변질, 표현한다는 것의 한계와 헛됨, 그러니

이 순간의 느낌을 말로 표현할 수 없다.

백운대서 바라보는 하늘에는 남은 해가 다양한 색조로 예술을 창조한다. 묘한 신비감이 가득하다. 바람은 국기를 흔들고 새 몇 마리 먹이 찾느라 바쁘다. 휘파람을 불어도 노래를 불러도 반응이 없다. 매너 없는 청중이지만 새 귀에 노래하기! 제 일에 바쁜 모습이 귀엽다.

하산길은 어둠에 아이젠을 했어도 여간 조심스러운 게 아니다. 일부러 랜턴은 켜지 않았다. 어둠 속 산에서 만나는 돌들, 나무들을 그대로 느끼고 싶다. 나도 그냥 '존재(Being)'임을 확인해 준다. 개체로서도 전체로서도 완벽한 하모니(harmony)다.

내일은 합창 연습을 해야 한다. 세상과 하모니를 이뤄야 한다. '한국의 남자들 합창으로 하나되다' 라는 꿈이 330명의 연합합창으로 성사되었다. 오롯이 선 독립된 개인들이 생생히 살아있는 각 파트를 이뤄 하나가 되는 것이 합창이다. 멈출 땐 함께 딱 멈추고, 기다릴 땐 기다리는 절제, 피아노

시모의 농축된 긴장, 크레센도로 커지고 달리다 포르테시시모로 함께 폭발함으로 절정을 이룬다.

행복도 그러하다. 혼자, 또 함께 이루는 하모니. 이 행복은 어찌 지킬까? 성경에서는 더욱 네 마음을 지키라 했잖은가! 마음을 지키고(守心), 몸을 닦는 것(修己), 이게 내 행복 유지법이다.

이젠 집이다.

행복 찾기, 누리기, 그 유지법을 복습한 뒤의 뜨거운 욕조와 긴 잠, 이 또한 행복이다.

한류문화가 나의 행복

조성자

민족시인,목사

우리의 생활문화는 자연의 맛과 멋이 그대로 어우러진 풍류놀이라고 할 수 있다. 뚜렷한 사계절의 변화에 따라 꽃이 피는 삼사월 봄이면 씨를 뿌리고, 오뉴월에는 모내기를 위한 탁족놀이, 칠팔월의 시원한 물놀이, 구시월의 단풍놀이, 동지섣달 설경놀이, 정이월 쥐불놀이 등은 우리의 문화가 자연의 섭리 따라 이뤄졌음을 보여준다. 우리는 지금 세계를 한

눈으로 보는 스마트 시대에 살고 있다. 시대도 크게 바뀌어서 단일민족이 아니라 각양각색의 인종들이 모여 한 가족을 이루어 사는 다문화시대를 열고 있다. 이제 그들이 우리 문화를 배우게 하고 우리 역시 그들의 문화를 이해하는 것이 한류 문화를 진흥 발전시키는 일로 자리잡고 있다. 그 어느 때보다 우리 후손들이 선조들의 찬란한 문화유산으로 민족적 자긍심을 가지고 힘차게 살아 갈 수 있도록 해야 한다.

지금 나의 소원은 우리의 솜씨와 맵씨로 세계인의 의식에 새로운 감동을 주는 대한민국 국조님들의 기록과 연대를 잘 정리하여 누가 보아도 알 수 있고, 누가 물어도 금방 답할 수 있는 한류문화 시조전을 빨리 건립하는 것이다. 지금도 그 생각만 하면 마냥 행복해진다.

우리의 역사를 세계에 바로 알리기만 해도 세상 사람들 속에 흩어진 우리 민족의 자존심을 살리는 엄청난 한류문화와 통일의식을 일깨우는 기폭제가 될 것을 확신한다.

한류 문화의 뿌리를 한눈으로 볼 수 있도록 해야 한다. 한국인만이 할 수 있는 문화의 우수성을 지구촌에 널리 알려야 한다. 한류문화로 세계를 하나로 엮어내는 민족중흥의 계기로 삼아야 한다.

　우리 성조님들의 영정과 연대를 질서 있게 모신 한류 시조전을 빨리 건립했으면 한다. 한류문화가 세계화를 이끄는 주역이 된다면 지금이라도 당장 광화문 네거리에서 덩실덩실 춤을 추어 행복을 만끽하고 싶다.

분수에 맞게 만족하는

차광진

철학박사

겨울산행으로 강원도 계방산의 설경을 만끽했다. 그때 정
상에서 젊은 등산객이 물었다.

"올해 연세가 어떻게 되셨습니까?"

"고희를 향해 뛰고 있지요."

"참으로 대단하십니다. 이곳에 올라올 정도면 전체 인구의
3%안에 드는 건강한 사람 축에 끼십니다."

"그래요, 잘 봐주시니 고맙소."

그때 속으로 '행복이 따로 있나. 아프지 않으면 행복이지' 라고 생각하며 설경에 취했던 기억이 생생하다.

어느덧 고희를 바라보니 세상살이가 조금 보이는 것 같다. 아는 만큼 이해하고 볼 수 있고 행할 수 있기 때문이 아닐까? 비록 멋진 사나이다운 몸매는 아니지만 큰 병치레 없이 그런대로 잘 버텨 준 내 몸에게 고맙다고 인사치레라도 하고 싶다.

예전에는 쉽게 입에 담기 힘들었던 사랑이란 말이 넘쳐흐른다. 타인의 시선도 아랑곳하지 않는 젊은이들이 공원에서, 카페에서, 심지어 사람 왕래가 많은 에스컬레이터에서 밀랍처럼 붙어 사랑을 표현한다. 젊음이 좋기는 하지만 이것은 아닌데 싶은 것도 나이탓으로 돌려야 하나? 지금까지 아무도 안 보는 곳에서조차 집사람에게 사랑한다는 말 한마디 제대로 못해봤는데….

그나마 행복이라는 말은 아직 신선도가 남아 있다. 행복은 시대가 바뀌었어도 쉽게 얻을 수 없는 것이기 때문에 아직

도 나만의 고유영역이 남아 있는 게 아닐까? 생각할수록 고
맙고 반갑다. 그래서 나름대로 나만의 행복관을 조심스럽게
밝혀 본다.

『장자』에 나오는 우화다.

물새 한마리가 노나라 교외에 앉았는데 노후(魯侯)가 길조
로 여겨 종묘에 모셨다. 새를 위해 잔치를 베풀고 아름다운
음악을 연주하며 산해진미로 지극 정성을 다하였다. 그러나
새는 낯설고 혼미한 근심 속에 슬피 울다가 3일 만에 죽어버
렸다. 타고난 대로 푸른 산하를 한껏 날다 힘들면 모래사장
에 내려 앉아 쉬었다, 배고프면 먹이로 잡아 먹는 미꾸라지
나 뱅어새끼 한 마리면 족할 것을….

행복은 욕망이 실현되고 느끼는 기쁨과 즐거움의 결정체
다. 하지만 인간의 욕망은 끝이 없다. 타는 듯한 목마름에는
물 한 잔이 행복을 주지만, 갈증이 사라지면 또 다른 욕구
가 생겨 행복할 겨를이 없다. 장자는 격에 맞지 않는 진수성
찬을 앞에 두고 죽어 버린 새를 통해 자신의 격에 맞는 삶이

행복임을 강조하고 있다.

어디 장자뿐인가? 옛 성현들은 한결같이 '분수에 맞게 편안히 만족함을 아는 사람은 항상 즐겁다(安分知足者 常樂)'라고 강조했다.

오늘도 나는 거울 앞에서 빙그레 웃으며 주문을 걸어본다. 그리고 고희를 향해 달리는 나 자신을 향해 나지막이 말한다.

"나는 오늘도 행복한 날이 될 것이다."

고로 나는 행복하다.

사명을 추구하는 행복

임성수

고려대학교 교수

나는 노래 짓는 것을 좋아한다. 마음에 떠오르는 메시지를 음악과 노랫말로 표현해 냈을 때 가장 행복했다. 노래는 내 정신이 맺은 열매다.

어렸을 때는 좋은 직장에 취직하여 안정적인 생활을 하는 것이 행복이라고 생각했다. 원래 고등학교 1학년 때부터 작곡을 했는데, 통계학 교수가 된 후 노래 창작과 먼 길을 살아왔다. 그런데 5년 전부터 다시 틈틈이 노래 짓기를 하면서 내게는 창작의 기쁨이 가장 큰 행복이라는 것을 느끼기 시작했다.

그동안 나는 현실에서 어떤 사람이 "나의 행복은 내가 원하는 것을 얻는 데서 오는 거야"라는 믿음으로 행복을 추구하니까 그것이 오히려 본인 또는 타인의 불행으로 나타나는 현상을 관찰했다. 예를 들어 범죄자들의 범행 동기는 자신의 행복 추구인 경우가 많다. 그런데 그들이 추구하는 행복은 결과적으로 본인뿐만 아니라 타인에게도 불행으로 나타난다.

따라서 누구에게나 행복한 결과를 가져다주는 행복을 추구하기 위해서는 누구나 다 인정하는 행복에 대한 보편적인 정의가 필요하다.

사과나무는 언제 행복을 느낄까? 아마 가지에 사과들이 주렁주렁 열릴 때 행복을 느끼지 않을까? 사과나무도 물론 힘든 시절을 겪는다. 사과나무는 무슨 생각을 하며 그 매서운 추위와 바람을 견뎌낼까? 내년 가을에 열매 맺는 행복을 기대하며 견뎌낼 것이다.

장미나무는 언제 행복을 느낄까? 아름다운 장미를 꽃피울 때 행복을 느끼지 않을까?

식물들은 씨앗을 통해 자기에게 지정된 역할을 수행할 때, 즉 열매를 맺거나 꽃을 피울 때 행복을 느낄 것으로 보인다.

사명을 추구하는 것이 곧 행복인 것이다. 하지만 인간은 식물과 달리 자신에게 주어진 사명을 바로 찾을 수가 없다. 본인이 애써 노력하고 집중해야 찾을 수 있다.

사람이 자신에게 주어진 사명을 찾기 위해서는 또 세 가지 기준을 세워야 한다.

첫째는 자신이 좋아하는 일.
둘째는 잘 할 수 있는 일.
셋째는 타인에게도 도움이 되는 일.

자신에게 주어진 사명을 찾아내는 것은 쉽지 않다. 어느 분야에 재능이 있는지를 점검해야 하고, 어떻게 하는 것이

타인에게도 도움이 되는 일인지 성찰해 보아야 한다. 즉 재미와 재능, 의미라는 3박자가 맞아 떨어지는 일을 찾는 것이 중요하다.

재미와 재능, 의미를 모두 갖춘 직업을 구한다면 그보다 더 행복한 일도 없을 것이다. 하지만 현실이 녹녹치 못해 세 가지가 일치하는 직업을 구할 수 없다면 취미로라도 즐기며 에너지를 충전하면 행복지수는 더욱 높아질 것이다.

오늘도 나는 노래를 짓는다. 내가 좋아하는 일을 하니까 행복감이 충족되고, 그 에너지가 일을 하는데 큰 보탬이 된다는 것을 잘 알고 있기 때문이다.

행복, 바로 지금

박정임

한성대교육연구정책 특임교수

"이타적 생각이 좋은 아이디어의 원천이다."

나사 하나로 세계를 정복한 하드록 공업 와카바야시 가츠히코 사장의 말이다. 나만의 잇속을 위한 계산적인 생각보다 고객이나 사회에 기쁨을 주기 위해 노력할 때 더욱 좋은 아이디어가 떠오르고, 그것이 그대로 나 자신에게 되돌아와서 행복을 추구할 수 있다는 것이다.

사람은 누구나 똑같은 마음이다. 자신의 잇속만 챙기는 이보다는 이웃을 배려하는 사람을 좋아하기 마련이다. 이타적인 사람은 많은 사람에게 사랑을 받을 수 있는 것이고, 그것은 고스란히 그 사람의 행복의 질을 높여준다.

"일을 사랑하지 않고는 리더가 될 수 없다."

이우에 가오루 산요전기 창업회장의 신념이다. 그는 정말 일을 사랑했다. 일반적으로 하루 8시간 일하는 것에 만족하는 이들이 많다. 그 이상 일을 하게 되면 불만을 갖는 이들도 많다. 하지만 하루 16시간 이상 일을 해도 그 자체를 즐기는 사람이 있다. 자기 분야에서 최고의 자리에 오른 이들이다. 잠자는 시간 외엔 자신이 하는 일에 집중을 한다. 억지로 시키면 할 수 없는 일이다. 자신이 좋아서 스스로 선택한 일이어야 한다. 행복을 좇기보다 일을 사랑하는 그 자체로 행복을 누릴 줄 알아야 한다.

"행동이 말보다 더 큰 목소리를 낸다."

농구에서 전설의 88연승을 기록한 존 우드 감독은 어떤 말로도, 어떤 지시로도 팀원에게 자신의 가르침을 그대로 전달할 수 없다는 것을 알았다. 자신의 뜻을 가장 잘 전달하는 방법은 리더가 먼저 실행에 옮기는 것이다. 어디 리더뿐이겠는가? 말보다 묵묵히 실천하는 이들은 어떤 형식으로든 세상의 주인으로 자리 잡는다.

행복은 바로 지금에 있다. 누구나 추구하고 희망하는 바로 그 일, 정말 하고 싶은 일을 하고 있는 나는 정말 행복하다. 끊임없이 이타적 아이디어를 창출하고, 사랑하는 일 속에서, 목소리보다 행동으로 옮기는 일을 하고 있으니 이 얼마나 축복받은 일인가?

기쁘게 일하고 해 놓은 일을

기뻐하는 사람은 행복하다.

-괴테

4장

있는 그대로 받아 들이는

있는 그대로 받아 들이는 마음 속에

신성호

한선행복포럼위원장

한 마리 짐승이 되어 그들과 함께 살고 싶다.

저렇게 평화롭고 만족스러운 삶이 있는 것을.

나는 선 채로 오랫동안 짐승을 바라본다.

그들은 자신의 처한 상황을 걱정하거나 불평하지 않는
다.

어둠 속에 깨어 자신의 죄를 뉘우치며 눈물짓지도 않고

하나님에 대한 의무를 들먹여 나를 역겹게 하지도 않는
다.

불만을 드러내는 놈도 없고,

소유욕에 혼을 빼앗기는 놈도 없다.

다른 놈이나, 먼먼 조상에게 무릎 꿇는 놈도 없다.

이 지구를 통틀어 보아도 어느 한 마리

점잔 빼는 놈도, 불행한 놈도 없다.

- 휘트먼의 '내 자신의 노래' 일부

시인은 왜 종교도 없고, 하느님도 모르며, 기도도 할 줄 모
르고, 소유욕에 혼을 빼긴 놈도 없는 짐승을 보고 함께 살고
싶다고 했을까?

사람들은 행복을 누리기 위해서는 필요한 음식, 주택, 건
강, 사랑, 그리고 자신이 속한 사회에서 존경의 대상이 되는
것들이라 생각한다. 또한 종교적인 신념을 가지고 있어야만
행복을 누릴 수 있다고 생각하는 경우도 많다.

물론 이런 것들이 기본적으로 갖춰져야 행복에 이를 수 있

는 것은 맞다. 하지만 이것이 전부는 아니다. 우리 주변에는 이런 것들이 충족되었음에도 여전히 불행의 늪에서 헤매는 이들이 많다.

자기중심적인 사람들은 다채로운 생활을 허용하지 않는다. 그러다 보니 자기 틀 안에 갇혀 사는 경우가 많다. 남들이 보기에는 행복의 조건을 모두 갖춘 것 같지만 정작 당사자는 자기 틀 안에서 새로운 것을 받아 들이지 못하기 때문에 불행해 질 수밖에 없다. 따라서 행복하고 싶다면 자신만의 틀을 버리고 변화하는 현실에 맞춰 있는 것을 그대로 받아 들일 수 있어야 한다.

시인의 눈에 비친 동물은 자신만의 틀이 없다. 자신만의 틀을 만들어 그것 때문에 괴로워 할 일이 없다. 소유욕도 없고, 의식을 지배해서 죄의식을 키우는 종교도 없고, 그러다 보니 불만도 없고, 누군가에게 잘 보이려 애써야 하는 허위의식이 없다.

모든 동물이 다 그러냐고 묻는다면 할 말이 없다. 시인은 단지 인간이 스스로 틀을 만들어 자신을 가두어 놓고 불행에 시달리는 어리석음을 풍자하고 싶은 것이리라.

생각해 보자. 지금 우리는 얼마나 많은 틀을 만들어 놓고 그 속에서 허우적거리고 있는가?

행복한 사람은 자신이 자연을 구성하고 있는 한 성원임을 자각하고, 우주가 베푸는 아름다운 광경과 기쁨을 누린다. 행복한 사람은 뒤를 이어 태어나는 사람들과 동떨어진 존재가 아니라고 생각하기 때문에 죽음을 생각할 때도 괴로워하지 않는다.

마음속 깊은 곳의 본성을 좇아서 강물처럼 흘러가는 삶에 충분히 몸을 맡길 때, 우리는 가장 큰 행복을 느낄 수 있다. 모든 허위의식을 버리고 있는 그대로 받아들이는 그 마음속에 행복이 있다.

〈레미제라블〉 단상

김성이

전 보건복지부장관

"하늘에는 신이 없고, 이곳은 지옥이네."

영화는 파도를 헤치며 노를 젓는 죄인들의 합창으로 시작된다. 인간으로 태어났으나 인위적으로 만들어진 지옥의 넘실대는 파도와 어둠속에 인간은 흙덩이에 불과한 물질로 변질된다. 저주로 자유를 빼앗긴 〈불쌍한 사람들〉이다.

영화를 보는 내내 '장발장형 범죄'라는 말이 떠올랐다. 실직자 가장이 아기에게 먹일 분유를 훔치거나, 가난에 굶주린 사람이 식품점에서 먹을 것을 훔치는 것 등을 가리키는 말이다.

남의 것을 훔친 것은 분명히 범죄행위라 벌을 받아야 마땅하지만, 그렇게라도 하지 않으면 굶어 죽을 수밖에 없는 사람들을 무조건 감옥에 가둬 벌을 주는 것이 과연 옳은 행위인가 생각해 보게 만든다.

장발장이 조카들을 위해 빵 한 개를 훔쳤다가 19년을 감옥에서 보내게 된 것은 정말 비극적인 사건이다. 사회를 유지하기 위해서 범죄를 저지른 사람은 당연히 벌을 줘야 한다. 하지만 죄를 지었다고 무조건 처벌만 하는 것이 능사일까?

빵 한 조각 때문에 19년을 감옥에서 보내고 나온 장발장은 미리엘 신부를 만나지 않았다면 빵을 훔치는 생계형 도둑에 그치는 것이 아니라 사회에 적응을 못해 더 큰 범죄를 저지를 수밖에 없는 환경에 처하게 될 것이다. 만약에 장발장이 어차피 망한 인생이라며 홧김에 사회에 나쁜 마음이라도 품게 된다면 그 피해는 그에게 벌을 줘야 한다고 했던 이들이

고스란히 받게 된다.

공동체 생활을 하면서 규칙이나 법을 어기는 것은 마땅히 벌을 받아야 한다. 그러나 잘못했다고 해서 무조건 벌을 받게 하다 보면 그 사람은 점점 더 나쁜 짓을 할 수밖에 없고, 그러면 오히려 벌을 준 것이 더 나쁜 결과를 불러 올 수 있다는 것을 예측할 수 있다.

장발장형 범죄에 노출되어 있는 이웃을 배려해야 하는 것은 그들만을 위한 것이 아니다. 좋든 싫든 한 사회에서 함께 살아가야 하는 공동체 구성원인 나 자신을 위한 것이기도 하다.

따라서 우리는 모두 이웃을 배려하고 사랑하는 마음을 가져야 한다. 그것이 곧 나의 행복을 지키는 길이기 때문이다.

지금 이 순간을 즐겨야

윤문원

작가, 칼럼니스트

"좋은 직장에 취직해서 좋은 차를 몰고 다니면 행복할 거야."

얼마 후 그는 좋은 직장에 취직해서 좋은 차를 몰기 시작했다. 하지만 그 순간의 행복은 금방 지나가고 그는 여전히 행복하지 못했다.

"좋아하는 사람을 만나 결혼하면 행복해질 거야."

"집을 사면 그때는 정말 행복할 수 있을 거야."

"아이를 잘 키우면 행복할 거야."

결혼을 하니 집이 필요했고, 집을 구하니 자녀 교육에 모든 것을 쏟아 부어야 했다. 아이들 때문에 밤늦게까지 깨어 있어야만 했으며, 돈을 벌어오는 족족 교육비로 쏟아 부어야 했다.

"아이들이 안정적인 직장을 갖고 독립하면 행복할 거야."

"퇴직을 하면 인생을 즐길 수 있어 행복할 거야."

그렇게 행복을 뒤로 미루기만 하던 그는 얼마 후 아내와 사별을 했다.

그는 회한의 마음을 담아 친구에게 메일로 보냈다.

'아내의 유품을 정리하다 실크스카프 한 장을 발견했다네. 젊었을 때 외국 출장 중 명품 매장에서 구입한 것인데 아내는 애지중지하면서 특별한 날만을 기다렸지. 그러다 결국 제대로 써보지도 못하고 이렇게 깨끗하게 남겨 놓고 떠났네. 어쩌면 행복이라는 것도 이런 게 아닐까? 매 순간 즐겨야 할 행복을 특별한 날에 쓰

려고 미뤄만 두다 한 번도 써보지 못하고 떠나는 것은
아닐까?'

아리스토텔레스는 인간의 궁극적인 목표는 행복의 추구라
고 했다. 실제로 모든 이들은 행복하고 싶어한다. 하지만 행
복은 찰랑대는 파도와 같다. 또한 무지개와 같아서 다가서면
설수록 눈앞에 아른거리기만 한다.

행복은 먼 훗날의 목표가 아니라 이 순간 존재하는 것이
다. 지금 이 순간이 행복해야 한다. 지금 이 순간의 행복을
즐기지 못하고 눈앞의 파도에, 무지개에 눈을 돌렸다가는 결
코 행복을 찾을 수 없다.

행복은 또한 재산이나 지위와 같은 외적인 조건으로는 충
족할 수 없다. 행복한 사람은 어떤 환경에서도 행복을 누리
는 마음 속에 머물러 있다.

"사람은 행복해지겠다고 마음 먹는 만큼 행복해진다."

행복과 불행은 외부 환경이 결정하는 것이 아니라 개인의
주관적인 마음에 있다.

'무엇을 소유했기 때문에', '무엇을 성취했기 때문에'가 아니라, 매 순간 자신이 하는 일에 만족하며 스스로 즐겁고 평안한 마음을 가질 수 있다면 그것이 진정으로 행복의 문으로 들어서는 지름길이다.

어제를 배우고, 오늘을 살며, 내일을 꿈꾸어라

−아인슈타인

사랑하고 또 사랑을 받을 때

김도형

한림대학교 겸임교수

미국에서 75년에 걸쳐 하버드 대학에 재학했던 남성 268 명을 대상으로 졸업 후에도 매년 건강진단과 심리테스트를 통해 조사한 결과 이들의 행복에 가장 큰 영향을 끼친 것은 사랑으로 밝혀졌다는 논문이 2009년에 발표되었다. 물론 하 버드 대학 졸업생이라는 특수성을 감안한다면 기본적으로 먹고 사는 문제는 해결된 사람들이라 일반인들도 모두 여기에 속한다고는 볼 수 없다.

하지만 중요한 것은 요즘 우리 모두가 좋은 학벌과 좋은 직장, 성공이 보장된 삶을 행복의 기준으로 여기는 경향이 크다는 것을 감안한다면 이 조사결과는 우리에게 시사하는 바가 크다. 물질적 만족은 한계가 있고, 진정한 행복을 누리게 만드는 것은 정신적 만족에 있다는 것을 보여준다.

정신적 만족을 채우는 것 중에 사랑만한 것이 어디 있을까? 생각해 보면 나 역시 지금은 집사람이 된 한 여인을 만나 그야말로 모든 것을 버리고 오직 사랑에만 몰입했던 때가 제일 행복했었다. 사랑을 얻으니 이 세상 모든 것을 얻은 것만 같았다.

또한 논문을 쓰고 나서 느꼈던 행복보다 논문을 쓰는 과정에서 고비를 헤쳐 나가게 했던 주변 분들의 사랑을 확인했을 때가 더 행복했다.

어디 그뿐인가? 부모님과 선생님들의 보호를 받으며 세상 두려운 줄 모르고 살았던 초중고교 시절이 정말 행복했던 기

억으로 남아 있다. 그때는 이해관계보다 사랑과 우정을 우선
시 여기던 때였다. 가정형편이나 성적에 관계없이 모든 친구
들이 허물없이 잘 어울렸고, 오로지 시간이 짧게 느껴지는
것이 아쉬울 뿐이었다.

그러나 대학을 진학하고 직장을 기웃거리며 소위 생존경
쟁이 치열한 세파 속에 '주역이 되면서 가진 것은 지키고 없
는 것은 채우려는 욕심'에 빠지면서 행복과 점점 멀어진 삶
을 살게 되었음을 고백할 수밖에 없다.

뒤늦게나마 나를 내려놓으려 나름대로 애쓰지만 여의치
않다. 나를 있게 한 부모님, 아내와 딸, 그리고 오늘도 어디
선가 날 위해 기도하고 계시는 이름 모를 누군가에게 감사드
리며 행복에 취한다.

성당 안에 홀로 앉아 "저희에게 잘못한 이를 저희가 용서
하듯이 저희 죄를 용서하시고 저희를 유혹에 빠지지 않게 하
시고 악에서 구하소서"라며 기도에 몰입하며 진정한 자유를
맞볼 때가 가장 행복하다.

누군가를 사랑하고 또 누군가에게 사랑을 받으며 살아가

는 여생이 마지막 죽음에 이르러서도 새로운 삶으로 다시 이어지기를 소망해 본다.

사랑을 알고 사랑을 하자

박승주

전 여성가족부차관

에리히 프롬은 '소유냐 존재냐'에서 소유적인 삶보다는 존재적인 삶이 더 행복을 가져 온다고 했다. 법정스님은 무소유를 강조하면서 버려야 행복하다고 했다. 나는 두 말을 합쳐 집착을 버리고 사랑으로 충만하게 하는 것이 행복이라고 말하고 싶다.

그런데 사랑이라고 해서 다 사랑이 아니다. 드러내는 것에

치중하는 형식적인 사랑, 머리로만 하는 계산적인 사랑, 지혜가 없는 맹목적인 사랑, 자신의 욕구만 채우려는 집착적인 사랑, 이런 것들은 제대로 된 사랑이라 할 수 없다. 어떤 이유에서든 자신만의 잇속을 챙기려는 심보가 도사리고 있기 때문이다.

사랑은 상대의 입장에서 상대를 중심으로 상대를 위하는 사랑이 진정한 사랑이다. 더불어 사는 삶 속에서 사랑을 나눌 때 진정으로 행복을 향유할 수 있는 것이다.

누군가가 사고를 저질렀을 때 그것을 바라보는 시각은 크게 세 가지로 분류할 수 있다.

첫째는 저지른 대로 갚게 하자는 응징의 시각.

둘째는 좀 두고 보자, 어디 지켜보자는 관찰의 시각.

셋째는 정상을 참작하자는 관용의 시각이다.

이렇게 평가 기준이 다른 이유는 무엇일까? 사람마다 품고 있는 사랑의 수준이 다르기 때문이다. 사랑의 수준이 심성의 차이를 만들고, 심성의 차이가 세상을 보는 시각의 차이를 만든다.

사랑을 알고 사랑할 때와 사랑을 모르고 사랑할 때는 같은 현상이라도 그것을 바라보는 시각과 수용하는 마음의 차이를 드러낸다.

사랑을 알고 사랑하면 큰 호수나 바다와 같은 넓고 깊은 포용력을 갖추게 된다. 큰 호수와 바다가 모든 것을 수용하듯 사랑을 아는 사람은 모든 것을 수용하며 행복을 누린다.

하지만 사랑을 모르고 사랑을 하면 우물 안 개구리와 같다. 상대를 수용할 줄 모른다. 모든 것이 자기 중심적이라 행복을 대할 때도 극히 감정적이다. 자기 감정이 좋으면 행복한 것이고, 조금이라도 감정을 거스르면 불행한 것이다.

어떻게 해야 사랑을 알고 사랑을 나눌 수 있을까?

1단계는 '고운 마음'을 만드는 단계로 선입견이나 편견을 갖지 않고 매사를 긍정적으로 보면 생기는 마음이다. 상대가 누구든지 좋게 만들어 주겠다, 도와주겠다, 정성을 들이겠다, 이런 마음을 가꿔야 한다.

2단계는 '위하는 마음'이 생기도록 하는 단계로 1단계를 바탕으로 상대가 나타났을 때 관심을 갖고 위하는 마음이다. '어떻게 발전시켜 줄까?'를 생각하는 마음이다. 무엇인가를 주고 싶고, 해주고 싶은 마음이다.

3단계는 위하는 마음을 실천하는 사랑완성의 단계로 2단계의 마음을 행동으로 표출하는 마음이다. 위함의 사랑이 제대로 된 사랑이고, 사랑을 알고 하는 사랑이다.

위함의 사랑은 나눔의 사랑으로 발전한다. 베푸는 사랑은 몇 번 베풀었으니 이제 되었다고 중단될 수 있지만, 나눔의 사랑은 끝없이 나누고 베푸는 사랑이다.

최고의 행복은 나눔을 실천하는데 있다. 행복을 누리려면 사랑을 알고 사랑을 나누는 길에 들어서야 한다. 위함의 사랑으로 행복이 충만한 삶을 가꿔 보자.

지혜로운 사람이 행복하다

이병혜

명지대교수, KBS이사

KBS 1TV의 〈이것이 인생이다〉라는 프로그램을 진행할 때의 일이다. 가느다란 호스로 연명하는 한 환자의 인생을 드라마로 만들고 직접 병상을 연결해 인터뷰를 한 적이 있다. 그때 주인공의 금방 끊길 듯 이어진 멘트가 기억난다.

"내가 희망을 버리지 않는 한 희망도 저를 버리지 않을 겁니다."

지혜로운 사람은 긍정적으로 생각한다. 긍정적인 생각은 세상을 아름답게 보도록 만들고 행복감을 느끼게 한다. 그러므로 지혜로운 사람은 행복한 사람이다.

다윗왕이 궁중의 세공인에게 명령했다.

"나를 위한 아름다운 반지를 하나 만들어 다오. 반지에는 내가 큰 승리를 거둬 기쁨을 억제치 못할 때는 그것을 조절할 수 있고, 또한 내가 큰 절망에 빠졌을 때는 용기를 함께 얻을 수 있는 글귀를 새겨야 하느니라."

세공인은 명령대로 아름다운 반지를 만들었지만, 고민에 빠지고 말았다. 고민하던 그는 지혜롭다는 솔로몬 왕자에게 찾아가서 도움을 청하였다.

"왕자님, 왕의 큰 기쁨을 절제케 하는 동시에 크게 절망했을 때 용기를 줄 수 있는 말로 어떤 것이 있을까요?"

솔로몬 왕자가 답했다.

"이 또한 곧 지나가리라."

승리에 도취한 순간에 왕이 그 글을 보면 자만심은 곧 사라질 것이요, 또한 절망 중에 그 글을 보게 되면 이내 큰 용기를 얻게 될 것이라며….

지혜로운 사람은 행복하다. 희망이 털끝만큼이라도 남아 있으면 당신은 더 이상 불행한 사람이 아니다. 불행하다 생각될 때 긍정의 힘으로 감사할 수 있는 지혜를 갖고 있다면 당신은 이미 행복한 사람인 거다.

〈CEO 칭기즈칸〉에는 이런 말이 있다.

"가난하다고 탓하지 말라. 나는 들쥐를 잡아 먹으며 연명했다. 작은 나라에서 태어났다고 말하지 마라. 나의 병사들은 상대 적들의 200분의 1에 불과했지만 세계를 정복했다. 배운 게 없다고 탓하지 말라. 나는 내 이름도 쓸 줄 몰랐지만 남의 말에 귀 기울이면서 현명해지는 법을 배웠다. 너무 막막해 포기해야겠다고 말하지 말라. 나는 목에 칼을 쓰고도 탈출했고 뺨에 화살을 맞고도 살아났다."

이메일이 열리지 않으면 하루가 열리지 않는 것 같은 세상에 살고 있다. 교육은 더 이상 아이들에게 지혜를 일깨워주지 못하고 있다. 인터넷에 정보가 철철 넘치는 세상이지만 이를 지혜로 일깨워주는 시스템이 절실한 시점이다.

행복은 문명이 가져다주는 편리함과 풍부한 지식으로도 채울 수 없다. 오로지 모든 것을 긍정적으로 바라보는 지혜의 샘물이 필요한 시점이다.

지혜로운 사람은 행복하다. 어떻게 사는 것이 지혜로운 삶인지 점검해 보는 사람이 진정으로 행복한 사람이다. 행복은 마음에 있지 환경에 있는 것이 아니다.

영혼의 평온을 찾는 것이

김우갑

(주)동양노동조합위원장

아리스토텔레스는 영원한 행복을 위해서는 '신의 본성을 관조해야 한다'고 했다. 영혼의 평온을 찾는 것이 행복이요, 육체로부터 자유로운 것이 행복이다. 신은 영원히 죽지 않고 사는 것이요 인간은 생명을 갖고 죽음을 맞이한다.

신의 세계에는 시간과 공간의 개념이 없으니 행복이 따로 있을 수 없다. 그 자체가 행복이다. 하지만 인간은 유한한 삶을 살 수밖에 없으니 살아 있음에서 행복을 찾아야 한다. 지금 살아 있는 것 자체가 행복이다.

이제 중년을 지났다. 육체는 쇠약해지고 정신도 나약해졌다. 낙담하고 후회가 될 때도 많다.

하지만 어쩔 것인가? 마음을 비우고 살아 있다는 것 자체에서 행복을 찾으니 마음이 한결 편하다.

영혼이 맑아지고 평온하니 세상이 내 세상이다. 몸과 마음에 생기가 돈다. 황홀하고 가슴 벅차다.

행복은 멀리 있지 않다. 영원을 살려고 밝은 영혼의 세계를 추구하는 내 삶 속에 있다.

행복이란 우리집 화롯가에서 성장한다.

그것은 남의 집 뜰에서 따와서는 안 된다.

– 제롤드

지금 행복하지 않다면

천두영

경영컨설턴트

옛날에 한 심부름꾼이 상인과 걷고 있었다. 점심때가 되자 강가에 앉아 밥을 먹으려 했다. 그때 느닷없이 까마귀 떼가 시끄럽게 울어대기 시작했다. 상인은 까마귀소리가 흉조라고 언짢아하는데, 심부름꾼은 도리어 씩 웃는 것이었다. 우여곡절 끝에 목적지에 도착한 상인은 심부름꾼에게 삯을 주며 물었다.

"아까 까마귀들이 울어댈 때 웃은 이유가 무엇인가?"

"까마귀들이 저를 유혹하며 말하기를, 저 상인의 짐 속에 값진 보물이 많으니 그를 죽이고 보물을 가지면 자기들은 시체를 먹겠다고 했습니다."

"아니 그럴 수가? 그런데 자네는 어떤 이유로 까마귀들의 말을 듣지 않았는가?"

"나는 전생에 욕심을 버리지 못해 그 과보로 현생에 가난한 사람으로 살아가고 있습니다. 그런데 이제 또 욕심으로 강도질을 한다면 그 과보를 어찌 감당한단 말입니까? 차라리 가난하게 살지언정 무모한 부귀를 누릴 수는 없습니다."

심부름꾼은 조용히 웃으며 길을 떠났다.

"인생에서 원하는 것이 무엇인가?"

이 질문에 많은 사람들이 건강, 돈, 성공, 사랑 등 다양한 대답을 늘어 놓았다. 하지만 궁극적으로는 따져보면 행복한 삶을 살고 싶다는 말이다.

사람은 이처럼 누구나 행복한 삶을 원한다. 그런데 왜 이런 것들을 많이 갖춘 사람들 중에도 행복하지 않다고 하는 이들이 많은가? 행복이라는 것을 잘못 알고 있는 것은 아닌가?

행복은 물질에서 찾을 수 없다. 즉 신분의 고하, 재물의 유무, 직업의 귀천, 남녀의 구분 등은 행복의 수단을 될 수 있을지언정 그 자체가 행복이 될 수는 없다.

어떠한 상황에 처하더라도 마음먹기에 따라서 누구든지 행복할 수 있다. 욕심은 욕심을 낳고 그 욕심은 행복과 먼 방향으로 틀어져 있다.

지금 정말 행복하지 않다면 마음을 돌아 볼 일이다.

나아갈 때와 물러날 때를 아는 삶

소재학

미래예측학 박사

아무리 노력해도 잘 안 될 때가 있고, 작은 노력에도 큰 성과가 나올 때가 있다. 또한 아무리 노력해도 안 되는 사람이 있고, 정말 대충 사는 것 같아 보이는 데도 잘되는 사람이 있다. 능력이 있는데도 빛을 보지 못하는 사람이 있고, 남보다 능력은 부족해도 자신의 분야에서 두각을 보이는 사람도 있다.

어떻게 이런 일이 벌어지는 것일까?

일반적으로 성실히 노력해서 능력을 발휘하는 사람이 성공하는 것은 틀림이 없지만, 세상에는 노력과 능력만으로는 설명되지 않는 무엇이 있다. 우리는 그것을 운(運)이라 부른다.

우리의 삶에는 의지와 무관하게 흘러가는 흐름이 있다는 것을 의미하며, 우리가 성공을 이루는데 노력과 능력만으로는 뭔가 부족한 부분이 있다는 것을 보여준다.

오죽하면 큰 일을 이루기 위해서는 운이 7할을 차지하고 기술이나 능력은 3할에 불과하다는 운칠기삼(運七技三)이라는 말이 생겼을까?

"지혜로운 사람은 하늘이 정해주는 때를 알아 성공을 거두고, 어리석은 사람은 하늘의 이치에 역행하여 실패를 한다."

자연은 일정한 법칙이 있다. 겨울이 아무리 혹독해도 봄이 오면 새싹에 밀려나기 마련이고, 아무리 아름다운 꽃도 시간이 지나면 지게 마련이다. 마찬가지로 우리의 삶도 일정한

172

법칙이 있다.

그런데 일정한 법칙을 깨는 가장 큰 장애물이 바로 욕심이다. 인간은 욕심을 갖는 순간 자연의 순리에 어긋나는 행동을 하거나, 뭔가 일을 틀어놓는 행동을 하게 된다. 따라서 매사에 욕심을 버리고 때에 맞추어 나간 한 번뿐인 삶을 현명하게 살아갈 수 있다.

운이라는 것은 자연의 순리를 알고 욕심을 버린 사람에게 다가선다. 따라서 우리는 나아갈 때와 물러설 때를 알아 좋은 시절에는 항상 자신을 돌아보는 겸허함을 챙기고, 안 좋은 시절에는 인내를 갖고 느긋하게 기다리며 준비하는 여유를 가져야 한다.

행복은 윈윈게임이다

조주행

서울교육삼락회 이사

행복은 사람의 목표 중에 가장 높은 곳에 있다. 사람들은 누구나 행복을 추구하며 행복이 실현되기를 바란다. 자신뿐만 아니라 다른 사람들도 행복해지기를 바란다. 혼자서는 행복할 수 없기 때문이다.

"많은 사람이 행복을 미래에서만 찾으려고 하기 때문

에 그것이 지금 바로 옆에 있다는 것을 모른다."

– 파스칼 '팡세'에서

"행복은 나비와 같다. 잡으려 하면 항상 달아나지만 조용히 앉아 있으면 스스로 나의 어깨에 내려와 앉는다."

– 나다니엘 호슨

"맹목적으로 행복을 추구하지 않을 때 행복은 나비처럼 날아든다."

– 대니엘 네틀

사람의 감정이나 느낌을 계량화된 수치로 측정할 수는 없다. 행복도 마찬가지다. 구체적으로 무엇이 행복인지, 어느 정도 행복한 것인지 계량화된 수치를 제시할 수는 없다. 그저 외형적으로 남과 비교가 가능한 것을 기준으로 남을 의식하면서 남보다 불행하다, 남보다 행복하다고 비교하며 스스로 행복하거나 불행하다고 판단할 뿐이다.

행복의 가치는 계산할 수 없다. 행복은 만물의 속성이며 존재의 근거다. 모든 개선, 개혁, 혁신, 혁명은 좀더 좋은 세상, 행복한 세상을 만들기 위한 것이다. 교육, 정치, 법률, 제도, 종교, 예술, 스포츠도 그것이 행복을 가져다준다고 믿기 때문에 의미를 갖는다.

개인이 행복해지려면 사회가 안정되고 평화로워야 한다. 진정으로 행복하고자 한다면 경쟁할 필요가 없다. 서로 협력해야 한다. 행복은 모두가 만족하는 윈윈게임이기 때문이다.

나는 지금 어느 삶을 살고 있는가?

공석영

교육학 박사

조물주가·인간에게 준 수명은 원래 25년이라 한다. 이에
비해 말, 개, 원숭이는 각각 50년의 수명을 받았는데, 이것
을 억울하게 생각한 인간이 어느 날 각각 말과 개와 원숭이
를 찾아 갔단다. 그리고 자신에게 주어진 25년의 수명은 말
도 꺼내지 않고 그럴듯한 말로 각각의 동물을 꾀었단다.

"당신의 수명 중에 절반만 떼어주면 우리 모두 25년을 사

는 것이니 얼마나 좋겠는가? 그러니 서로를 위해서 반을 떼어줬으면 좋겠다."

세 동물은 절반을 떼어줘도 25년을 살 수 있는데, 그것도 긴 세월이라 생각하고 각각 25년씩을 떼어주었단다. 그래서 인간은 원래 25년의 수명에 세 동물에게 각각 받은 25년의 세월을 합해 100년을 살게 되었단다.

모리스라는 영국학자는 〈인간의 동물론(The Human Zoo)〉이라는 책에서 이처럼 비유를 들어 인간 100세를 25년 주기 4단계로 재미있게 설명하고 있다.

1단계(1~25세)는 순수성의 단계로 원래 인간이 조물주로부터 받은 순수한 인간의 모습이다. 갓 태어난 아이를 보면 잠을 자도, 깨어 있어도, 무슨 일을 해도 순수한 모습을 그대로 담고 있다. 부모 형제 자매 관계에서도, 선생님과 친구 관계에서도, 이성관계에서도 쉽게 흥분하고 열을 내지만 말 그대로 순수하게 관계를 맺는다.

2단계(26~50세)는 활동성의 단계로 말에게 받은 삶이다. 말의 수명을 이어가는 것이라 마치 말과 같은 성품으로 살아간다고 한다. 말은 넓은 벌판에서 이리 뛰고 저리 뛰며 역동적이고 약진적인 삶을 사는 동물이다. 말 중에서도 눈이 밝고 발이 빠른 말은 누구보다 먹이를 잘 찾는데, 이 모습이 우리의 인생과 같다. 26세부터 50세까지 우리 인생은 세파를 헤쳐나가며 누구보다 앞서 달릴 수 있는 특유의 재능과 능력을 발휘하는 시기이다. 말처럼 가장 활동적인 시기를 사는 것이다.

3단계(51~75세)는 홍보성의 단계로 개에게 받은 삶이다. 이때는 자기 홍보의 시대라 모든 역량을 발휘해서 자신의 존재감을 알리는 시기라는 것이다. 때로는 너무 짖어대는 바람에 주인과 이웃을 불안하게 하는데, 최대한 자신의 존재감을 과시하되 괜히 주변 사람들에게 손가락질 받지 않고 어느 집단에서든지 꼭 필요한 자리에 서기 위해 노력하는 것이 중요한 시기라는 것이다.

4단계(76~100세)는 예측성의 단계로 원숭이에게 받은 삶이다. 원숭이는 재간과 재능이 뛰어나다. 하지만 자기 재간만 믿고 설치다 나무에서 떨어지는 경우도 있다. 인간도 이때쯤 되면 자신의 재간과 재능만 믿는 경우가 있는데, 원숭이처럼 실수하지 않으려면 이 점을 항상 경계해야 한다는 것이다. 항상 미래를 예측하며 그동안 이뤄온 업적이나 재능을 후손에게 잘 물려주기 위한 삶의 자세가 필요한 시기라는 것이다.

지금 나는 어느 인생을 살고 있는가?

행복이란 지금 내가 사는 삶이 어떤 삶인지 분명히 알고 매순간 보람 있고 멋지게 살아갈 때 덤으로 얻는 선물이 아닐까 싶다.

5장

어디에서 구할 것인가?

어디에서 행복을 구할 것인가?

박세일

서울대학교 명예교수

"행복이란 무엇인가?"

이렇게 물으면 답을 하기가 어렵다.

"불행이란 무엇인가?"

차라리 이렇게 물으면 답하기 쉬울지도 모른다. 몸이 많이 아프거나, 자기가 계획한 것이 잘 이루어지지 않았을 때, 혹은 가까운 가족이나 친구가 멀리 떠나고 홀로 남아 삶이 외롭거나 공허하게 느껴질 때 불행하다고 느낄 것이기 때문이다. 이것이 행복이라고 보여주기는 어려운 일이지만, 그럼에도 불구하고 행복의 조건을 찾으라면 다음의 세 가지를 충족시켜야 한다고 본다.

행복의 제1조건은 건강이다. 몸이 아프거나 불편하면 행복하기 어렵다. 물론 불교의 보왕삼매경에서는 '병이 있는 것을 양약(良藥)으로 삼아라'고 하지만, 이것도 따지고 보면 그만큼 건강이 중요하다는 것을 의미한다. 아픈 것까지 수행으로 극복하는 수행인들이 아닌 이상 어떻게든 아프지 않고 건강한 것이 행복의 지름길이다.

제2조건은 마음의 편안함, 즉 안심(安心)이다. 인간에게는 나만을 생각하는 마음(個體心)과 타인을 배려하는 마음(共同體心)이 있다고 한다. 성현들은 전자를 '인간의 마음(人心)'이라고, 그리고 후자를 '바른 길을 걷는 마음(道心)'이라 했다.

"인심은 위험하고 도심은 미미하니 마음을 정일하게 하여 그 중(中)을 잡아라."는 말이 있다. 마음이 편안하려면 인욕(人慾)이 과하지 않아야 한다. 적절한 수준에서 자족(自足)할 줄 알아야 한다.

도심(道心)은 자기가 해야 할 일이나 집안일을 소홀히 해선 안 된다. 아무리 좋은 마음이라도 지나치면 부족함만 못한 것이다. 자기성찰과 자기수양을 통해 인심과 도심이 적정한 수준에서 균형과 조화를 이룰 때 마음이 편안한 행복의 세계로 들어갈 수 있다.

제3조건은 가족과 이웃, 사회와 국가의 안녕이다. 나의 행복은 나의 몸과 마음가짐으로만 결정되지 않는다. 우선 가족들이 건강하고 화평해야 한다. 가화만사성(家和萬事成)은 만고의 진리다. 또한 이웃과 사회, 국가가 안녕해야 한다. 사회와 국가가 불안하고 흔들리면 그 구성원들은 결코 행복할 수 없다. 영국의 아담 스미스(Adam Smith)는 《도덕감정론》에서 '인간이 가장 행복할 때는 이웃 사람들과 동일한 감정 즉 공감(共感, mutual sympathy)을 느낄 때'라고 했다. 나의 행복이 커지려면 이웃과 함께 공감해야 한다. 아름다운

풍경을 보아도 맛있는 음식을 먹어도 혼자가 아니라 친구들과 혹은 애인과 함께 할 때 그 행복감이 몇 배로 커진다.

나는 어느 날 하늘에서 뚝 떨어진 존재가 아니다. 선조와 후손들 사이의 긴 역사적 시간적 연결 속에, 그 연결고리의 가운데 존재하는 것이다. 선조의 가르침과 전통을 받아 좋은 것을 후손들에게 전달하여 주어야 하는 사명을 가진 관계적 존재이다.

나는 이웃 농민들의 땀과 노동의 덕으로 좋은 식사를 할 수 있고 이웃 노동자들의 땀과 노동의 덕으로 따뜻한 옷을 입을 수 있다. 우리는 사회적 분업 망을 통하여 긴밀히 연결되어 있다. 상의상조(相依相助)하고 있다. 우리는 이웃의 농민들과 노동자들에게 진 빚을 어떻게 갚아야 할지 항상 생각하여야 한다.

행복은 사실 나만의 행복일 수 없다. 선조들이 행복할 때 우리의 후손들이 행복할 때 함께 행복해진다. 그리고 우리의 이웃들이, 이웃의 농민과 노동자들이 행복할 때 더욱 행복

해진다. 이웃을 이롭게 하는 것이 곧 나를 이롭게 하는 것이
된다.

일과 사랑과 희망

서종환

한국인체조직기증지원본부 이사장

첫째 어떤 일을 할 것.

둘째 어떤 사람을 사랑할 것.

셋째 어떤 일에 희망을 가질 것.

18세기 독일의 철학자 칸트가 인간행복의 조건으로 내세운 조건이다.

그런 점에서 나는 행복한 사람이다. 1971년 5월 행정고시 10회 합격 후 이듬해 12월 문화공보부에서 공직을 시작하여 1999년 여름 국무총리 정무수석비서관으로 퇴직했다. 동기들은 대부분 8월부터 각 부처에 보직을 받았지만 나는 서울법대 재학 중 한일회담 비준반대 시위로 학사징계 및 서대문형무소 수감 등의 전력으로 보직을 받기 어려운 상황이었다.

그런데 1972년 새로 발족되는 문화공보부 해외공보관 요원으로 보직을 받게 된 것이다. 내게 주어진 일을 사랑했기에 두 번의 뉴욕 소재 주UN 한국대표부를 거쳐 주뉴델리 한국대사관 등 해외근무를 했고, 이후 두 번의 대통령비서실, 국무총리실과 문화공보부 그리고 공보처 등에서 근무할 수 있었다.

1999년 여름 퇴직 후 2009년 여름까지 10년 동안은 퇴직에 대한 준비가 없었기에 많은 시행착오를 거쳤다. 국민의 정부가 출범한 후 공보처가 폐지됨에 따라 설 자리가 더욱 없었다. 다행히 선후배의 주선으로 (주)유진데이타회장, (주)서울예술기획회장을 거쳤고, 이후에는 대한소프트볼협회장과 KOC상임위원으로 2006년 도하아시안게임과 2008년 베이징올림픽 등을 통해 새로운 경험을 축적할 수 있었다. 그리고 2009년부터는 한반도선진화재단이사장 박세일 교수를 만나 한반도 선진화와 통일교육 등 선진통일연합운동과 함께 했고, 2014년부터는 인체조직기증운동을 통해 생명나눔 문화를 선도하는 새로운 일을 시작하고 있다.

그동안 할 일이 있어서 정말 행복했다. 또한 일을 하는 과정에서 만난 수많은 사람들과 사랑을 나눌 수 있어서 더욱 행복했다. 그리고 지금 하고 있는 일에 희망을 가지고 있으니 더더욱 행복하다.

경천애인으로 관계를 존중하라

백성기

선진통일건국연합 상임대표

"Happiness breeds in relationship."

－행복은 관계로부터 배양된다.

행복의 개념을 아주 잘 짚은 말이다. 부부관계, 부모자식
관계, 형제관계, 친구관계, 이웃관계, 동창관계 등 인간이
삶은 관계를 떠날 수 없으니 행복과 불행 역시 관계를 떠나

서 존재할 수 없는 것은 당연한 일이 아닌가?

이 중에서 가장 중요한 것은 부부, 부모자식, 형제 등을 포함하는 가족관계이다. 가족관계는 누구나 피할 수 없는 숙명의 관계로 행복을 좌우하는 큰 열쇠를 쥐고 있다. 핵가족화 되면서 갈수록 가족해체가 심해지는 현실에서 진지하게 짚어볼 문제다.

기독교에서는 '경천애인(敬天愛人)'이 행복의 문을 여는 열쇠라고 강조한다. 초월적 존재인 하나님과의 바른 관계를 형성하고, 이웃과 사랑을 나누는 관계를 만들어 갈 때 진정한 행복을 누릴 수 있다는 것이다.

나는 크리스찬 가정에서 태어나고 자라서 이 말을 일찍부터 접했으나 참뜻을 이해하는 데는 오랜 시간이 걸렸다. 인간의 행복은 자기중심에서 벗어나 하늘의 뜻을 헤아려 이를 깨닫고 실현하는데 있다.

경천(敬天)은 삶의 고비마다 그 뜻을 헤아려 보고 자신의 삶을 그 큰 뜻에 맞춰 간다는 의미다. 누구나 세상에 우연히

던져진 존재가 아니다. 누구나 하늘의 특별한 섭리와 뜻을 가지고 이 세상에 태어난 것이다. 따라서 경천을 통해 자신의 삶이 얼마나 귀중한 것인지 살펴보는 것만으로도 행복을 찾아 가는 이정표가 될 것이다.

애인(愛人)은 각자 맡겨진 재능을 갈고 닦아 널리 이롭게 관계 맺는 이들을 사랑해 나가는 일이다. 자기중심적인 삶을 극복하고 어려운 처지에 놓여있는 사람들, 도움을 필요로 하는 이웃들에게 따뜻한 손길은 내밀며 더불어 살아가는 관계를 형성해가는 일이다. 인생의 참 행복을 실현하는 길이 바로 여기에 있다.

행복을 사치한 생활 속에서 구하는 것은

마치 태양을 그림에 그려놓고

빛이 비치기를 기다리는 것이나 다름없다.

– 나폴레옹

러너스 하이를 극복하는 삶

이종천

사회복지법인 자광재단

실험실에 틀어박혀 연구와 실험에 몰두하는 퀴리 부인이 노벨상을 수상하지 못했다면, 그런 영광이 없었다면 불행했다고 할 수 있을까? 그는 유행에 뒤떨어진 구두를 신고 철 지난 옷을 입고 다녀도, 파리 사교계에서 귀부인들과 어울리지 못했다고 불행하다고 생각하지 않았다.

슈바이처도 아프리카 토인들의 땀 냄새 나는 몸을 쓰다듬으며 진찰하면서 열악한 환경에서 생활했어도 스스로 불행하다고 생각하지 않았다.

진정한 행복이란 남으로부터 받아서 누리는 것이 아니라 오히려 남에게 뭔가를 주면서 사회에 기여하는 삶을 사는 데 있다. 설령 결과적으로 사회에 기여는 못했더라도 그렇게 살려고 노력하는 과정에 있다. 자신이 하는 일에 자부심을 갖고 그것을 이루기 위해 스스로 노력하고 만들어 가는 행복의 가치가 훨씬 크기 때문이다.

러너스 하이(runner's high)라는 증상이 있다. 마라토너가 결승점을 앞둔 지점에서 겪는 극심한 고통을 이른다. 42.195km를 잘 달려왔어도 마지막에 이 증상을 극복하지 못하고 경기를 포기하는 선수들이 꽤 있다고 한다.

이 러너스 하이를 극복하는 비결 중에 하나가 자신이 하는 일을 진정으로 즐기며 자부심을 갖는 것이다. 퀴리 부인과 슈바이처는 자신의 일을 사랑했고 굉장한 자부심을 가졌다. 설사 노벨상을 타지 못했더라도 그들은 진정으로 행복했을 것이다. 오로지 꾸준히 하고자 하는 일에 묵묵히 최선을 다했기 때문이다.

행복은 러너스 하이를 극복하고 무슨 일이든지 꾸준히 완주하는 이에게 찾아온다. 설사 순위에 들지 못하더라도 끝까지 완주한 마라토너들이 환희에 차 기뻐하는 모습을 본 적이 있는가? 자신이 선택한 일을 좋아하고 끝까지 최선을 다하는 모습에 의미를 두었기 때문에 가능한 일이다.

우리 모두 러너스 하이를 두려워하지 않고, 자신이 선택한 일에 진취적 기상으로 투지를 발휘하는 기쁨을 맛보았으면 한다. 진정한 행복은 결과보다 자신이 좋아하는 일에 최선을 다할 때 환한 미소로 응답할 것이다.

지금 이 순간 행복하십니까?

박종우

사프론대학학장

오복이 갖춰진 사람을 행복한 사람이라고 한다. 서경(書經)에서 말하는 오복은 오래 사는 것(壽), 부자 되는 것(富), 육체와 정신의 건강(康寧), 선행을 베풀어 덕을 쌓는 것(攸好德), 편안하게 천수를 다하는 것(考終命)을 말한다.

"5복에 하나를 더해 6복으로 한다면 무엇으로 하겠는가?"

모 대학교에서 설문조사를 했다. 여러분도 같이 생각해 보

자. 5복에 복 하나를 보탠다면 무엇이 좋을까? 과연 무엇이 1위를 했을까?

입신출세? 아니다. 배우자를 잘 만나는 것? 자식을 많이 낳는 것? 노예를 많이 거느리고 떵떵거리며 사는 것? 아니다. 그렇다면 과연 무엇일까?

"조실부모!"

놀라지 말자. 실제로 설문조사에서 나온 응답이라고 한다. 부연하자면 부모가 돈만 남겨놓고 빨리 죽는 것이라고 한다. 참 안타까운 일이다.

세상에! 자식을 위해 평생 피땀 흘리며 고생한 부모들인데 돈만 남겨두고 빨리 죽는 게 6복이라니….

어쩌다 이렇게 되었을까? 많은 부모들이 아이의 미래를 위한다는 마음으로 지나친 사랑을 준 것이 오히려 역효과를 본 것이다. 지금 이 순간에도 많은 부모들은 아이의 미래를 위해서 지나치게 자신을 희생만 하고 있다.

"다 너를 위해서 하는 거다."

"나중을 위해서 열심히 공부해라."

부모의 지나친 사랑은 아이에게 간섭이나 잔소리가 되고, 아이는 지금 당장 행복하지 못하니 미래의 행복을 설계할 마음조차 내지 못하는 것은 아닐까?

그러다 보니 지금 당장 행복하지 못하게 하는 부모가 돈만 남겨주고 일찍 세상을 떠났으면 좋겠다고 한 것은 아닐까?

행복하고 싶다면 미래보다 당장 지금 행복한 삶을 꾸려야 한다. 내일을 염려하기보다 지금 당장 행복해야 한다. 한번쯤 아이들에 물어보자.

"지금 행복하니?"

그래서 아이가 행복하지 않다고 하면 지금 당장 행복하게 해주는 노력을 기울이자.

오늘 할 수 있는 일을 찾고 기쁘게 받아들이며 내일을 준비하는 것이 정말 즐거운 삶이다. 내일을 위해 오늘을 희생한다는 생각보다 먼저 지금 당장 행복해야 내일도 행복할 수 있다는 것을 염두에 두자.

평생 얼마나 행복할 것인가?

권상연

전 역삼중학교 교장

웰빙(Well-being), 힐링(Healing)이 유행하다가 요즘은 웰다잉(Well Dying)이 유행으로 떠오르고 있다. 웰빙이 몸과 마음의 편안함과 행복을 추구하는 태도나 행동이라면 웰다잉은 삶을 아름답고 품위 있게 마무리하고 죽음을 맞이하는 태도다. 죽음의 실체를 들여다보고 존엄한 죽음과 용서와 화해를 이해하면서 죽음을 준비하는 것이다. 즉 현재에 충실한 삶을 통해 아름다운 삶으로 마무리할 수 있도록 늘 정진하며 나눔을 통한 봉사와 실천적인 삶으로 나를 가꾸는 것이 웰다잉의 완성이다.

한 노인이 자신의 80년 생애를 시간으로 계산해 통계를 뽑은 글이 있다. 잠자는데 26년, 노동하는데 21년, 식사하는데 6년, 남이 약속 안 지켜 기다리는데 5년, 불안하게 혼자 낭비한 시간 5년, 세수하는데 22일, 넥타이 매는데 18일, 담뱃불 붙이는데 12일, 아이들과 노는데 26일….

그렇게 따져봤더니 평생 행복했던 시간은 불과 46시간이었다고 한다.

100세 시대를 살아갈 우리가 죽음 전까지 어떻게 행복한 시간을 늘려갈 것인지 생각해 볼 문제다.

언제 죽을지 모르는 시간을 헛되이 보낼 것이 아니라 지금 하고 있는 일에 최선을 다해야 한다. 그래야 죽는 날 후회 없는 삶을 살았노라 말할 수 있을 것이다.

웰다잉으로 설계하는 행복

강국희

건국대학교 명예교수

'건강한 죽음=건강한 삶', '건강하지 못한 죽음=건강하지 못한 삶', '행복한 죽음=행복한 삶', '불행한 죽음=불행한 삶' 중에 나는 어떤 죽음, 어떤 삶을 택할지 미리 생각해 보는 것은 의미가 있다.

긴 생명의 프로그램에서 보면 인생은 극히 일부분이다.

인체의 구성은 육신(肉身), 기신(氣身), 지신(智身)의 3신 구조로 이뤄졌다. 엄마 뱃속의 10개월은 수중생활이다. 출생과 더불어 지상생활을 하며 경험과 지식, 정보가 육신 속에 있는 기신과 지신의 형태로 저장되었다 죽음의 과정을 거치면서 육신과 분리되는 것이다. 인생의 성장과정을 알면 죽음은 3번째 단계인 인생의 새로운 출발에 해당한다. 결코 죽음을 두려워할 이유가 없다.

사람이 죽음을 맞이하는 순간에 어떤 모습을 보이는가는 매우 중요하다. 죽음에 그 사람 전체 모습이 담겨있기 때문이다. 어떤 사람은 절망, 두려움, 불안, 분노, 허무, 원한으로 죽는 사람이 있고, 반대로 웃음, 밝음으로 죽는 사람도 있다. 죽을 때 보이는 그 모습이 곧 살아갈 때 보였던 모습이라는 것이 흥미롭지 않은가?

웰다잉은 역사에서도 많이 찾을 수 있다. 종교적 신념으로 신앙을 위해 목숨을 바친 순교자, 임금을 위해 목숨을 바친 사육신, 자기 집에서 편안하게 고통 없이 숨을 거둔 사람들이 여기에 속한다.

행복한 표정으로 죽음을 맞이하는 사람이 살았을 때도 행복하게 살았다는 것을 보여준다. 따라서 지금부터 행복한 표정으로 죽음을 받아 들이는 마음을 갖는 것이 곧 현재를 행복하게 만드는 길이라는 말에 귀를 기울일 필요가 있다.

행운은 마음의 준비가 있는

사람에게만 미소를 짓는다.

-파스퇴르

누구나 함께 하고 싶은 사람

강태규

한선정책실장

어느 선배가 자신은 어떤 동창모임이고 일절 나가고 싶지 않다며 하소연하듯 애기를 한 적이 있다. 동창회에 나오는 친구들은 대개 두 부류가 있다고 한다. 부모님 덕이든 자수성가했든 소위 잘나가는 것을 과시하려는 부류와 그 친구들에게 뭔가 아쉬운 부탁이나 도움을 청하기 위해 나오는 부류가 그것이다. 그래서 동창회에 나가면 거들먹거리는 꼴과 굽

실대는 꼴을 보는 것이 싫어 아예 참석하고 싶지 않다는 것이다.

생각해보니 나 역시 꼭 가고 싶은 모임이 있고, 어쩐지 내키지 않는 모임이 있었다. 부고나 청첩을 받았을 때 자주 고민하게 된다. 안면이나 있고 같은 조직에 몸담고 있지만 딱히 가까운 사이라고 할 수 없는 사람이 있다. 어떨 때는 스팸 문자나 메일 형태로 무차별하게 보내오는 경우도 있다. 위로와 축하를 받기 위한 것인지, 세(勢)를 과시하기 위한 것인지? 괜히 받아 놓고도 참석하기가 꺼려진다.

이것은 조만간 내게도 벌어질 일이다. 그때가 되면 나는 누구에게 알리고, 또 누가 오지 않으면 섭섭해 할까?

얼마 전 방송국에서 국장급으로 일하고 있는 고등학교 동창과 부부동반으로 저녁 식사를 했다. 그 자리에서 술이 오른 친구가 넋두리처럼 말했다.

"나이를 먹고 보니 이제는 정말 마음을 나눌 수 있는 친구가 많지 않아."

이 말을 받아 내가 거들었다.

"그런 친구 중에서도 술친구는 요즘 더욱 귀하지."

그랬더니 동석했던 아내와 친구의 부인이 이구동성으로 맞받았다.

"남자들한테 술친구는 세상천지에 널려 있지 않나요?"

나와 친구는 동시에 손사래를 치며 우리가 아무나 하고 술 먹는 사람은 아니라며 내친 김에 술친구가 되기 위한 조건들을 꼽아보았다.

우선 술을 좋아해야 하는 건 기본이고, 어느 정도의 주량과 매너까지 갖춰야 한다. 무엇보다도 중요한 것은 아무리 바빠도 친구가 술 먹자고 제안했을 때 선뜻 나와 주는 친구가 최고라는데 의견을 같이 했다. 과연 어떤 친구가 술 먹자고 불렀을 때 만사 제치고 나가게 될까?

누구나 자신을 받아들이고 또 용기를 북돋워 주는 사람을 좋아한다. 그런 사람에 잘 해주고 싶고 그런 사람과 함께 하고 싶은 것이 인지상정이다.

한번쯤 생각해 볼 일이다.

나는 과연 어떤 사람인가? 누군가가 함께 하고 싶어하는 사람인가, 아니면 함께 하면 괜히 상대에게 불편을 주는 사람인가?

남을 탓하기 전에 나를 살피며 나야말로 누구나 함께 하고 싶어하는 사람인지 점검해 볼 일이다.

왜냐고?

누군가가 함께 하고 싶어하는 사람이 될 때 진정한 행복을 맛볼 수 있기 때문이다.

마음공부와 행복

임성수

수출경영컨설턴트

"마음이 편안한 상태."

행복을 이렇게 정의하고 싶다. 마음이 편안하려면 어떻게
해야 하는가? 마음이 편하려면 도량(度量)이 크고 대범해야
한다. 이것은 지속적인 마음공부를 통해 얻을 수 있다. 그래
서 마음공부가 필요하다.

마음공부 중에는 매일같이 자기 자신의 마음을 가라앉히

는 규칙적으로 관조(觀照)하는 방법이 있다. 현재 위치하는 시간과 공간의 틀에서 삶의 본질에 인생관을 확실히 살펴보는 것이다.

즉 이승에서 가장 중요한 것은 무엇인가? 우리는 무엇 때문에 이곳에 오게 되었고, 온 곳으로 돌아가기 전까지 무엇을 꼭 해야만 하는가?

육신이 유한(有限)하다는 실존(實存)을 마주하게 되면 물질이 전부가 아니고 나와 남으로 구분하는 이분법적 사고가 옳지 않다는 것을 알게 된다. 나만을 위하는 것이 옳은 것이 아니라는 인생관을 세우게 되면 마음공부의 다음 단계로 갈 수 있다. 굳은 땅에 물이 고이듯이, 물방울이 바위를 뚫듯이 확고한 인생관이 서는 것이다.

"오는 것을 거절 말고 가는 것을 잡지 말며, 내 몸 대우 없음에 바라지 말고 일이 지나갔음을 원망하지 말라. 남을 해하면 마침내 그것이 자기에게 돌아오고 세력을 의지하면 도리어 재화(災禍)가 따르느니라."

"친구를 사귀되 내가 이롭기를 바라지 말라. 내가 이롭고 자하면 의리를 상하게 되나니, 그래서 성인이 말씀하시되 '순결로써 사귐을 길게 하라' 하셨느니라."

마음공부를 하면 마음의 여유가 생겨 이런 말씀이 가슴에 와 닿기 시작한다. 즉 마음의 여유가 생길 때 비로소 살아있는 모든 생명의 근원인 '사랑'을 알게 되는 것이다. 사랑에 눈을 뜨면 광대무변한 시간과 공간의 세계에서 지금 이승에서 만나게 되는 사람들, 그리고 존재들과 귀한 인연의 소중함을 느끼게 된다.

행복은 마음공부에 있다.

마음공부가 행복으로 들어서는 첫 관문이다.

"너무", "되세요"가 잘못 "쓰이십니다"

정훈

한국DMB회장

언어는 혼이다. 언어생활은 그 나라의 정신이다. 듣고 읽고 쓰고 말하기가 우리 일상생활의 정서와 소통, 그리고 행복 여부를 가늠한다. 그런데 지금 우리는 어디로 가고 있는가? 조상들의 정서와 소통을 방해하는 언어들이 너무 많이 쓰이고 있다. 우리말의 정체성을 깨트리고 잘못 쓰이는 언어들이 세대간의 원활할 언어소통마저 저해하고 있다.

"아기가 너무 예뻐요."

"딸기가 너무 맛있네요."

이런 말은 틀린 표현이다. '너무'라는 말은 부정문에 쓰이는 부사어다. 그런데 이 말이 너무 남용되고 있다.

"아기가 정말 예뻐요."

"딸기가 정말 맛있네요."

뒷말이 긍정표현이라면 '너무'는 '정말'로 바꾸어야 한다.

"좋은 주말 되세요."

"즐거운 쇼핑 되세요."

도대체 누구보고 주말이 되라는 말인가? 고객이 쇼핑으로 바뀌길 바라는 것인가? 주체가 누구인가?

"숙녀구두는 저쪽에 있으십니다."

"10만원이 되시겠습니다."

구두가 내 상전인가? 10만원을 내가 숭배해야 되는가? 왜 무생물인 숙녀구두와 10만원에 존칭어를 쓰는가?

이런 말을 들을 때마다 나는 심기가 불편하다. 국어학자도, 아나운서도 아니지만 언어표현만큼은 제대로 써야 올바른 소통이 이뤄진다고 보기 때문이다.

이런 표현은 우리말 표현의 다양함과 아름다움을 사라지게 만든다. 한 가지 표현으로 쉽게 통용함으로써 상황에 적합한 여러 가지 표현들을 죽게 만든다.

'너무'를 남용하는 바람에 "참 예쁘네", "퍽 고와요", "무척 맛납니다"와 같은 말이 사라지고 있다. "~되세요"를 잘못 쓰는 바람에 "~보내세요" "~즐기세요" "~꾸미세요" "~만드세요" 등 다양하고 정확한 표현이 죽어간다.

혹자들은 시대에 따라 언어의 변화를 받아 들여야 한다고 말하는 경우도 있다. 물론 맞는 말이다. 하지만 냉정하게 살펴보면 이런 사소한 언어표현의 파괴가 전통을 무너뜨리고 세대 간의 혼란을 자초한다.

일상의 약속은 다음 약속이 도출되기까지 지켜져야 한다. 언어도 마찬가지다. 무의식 중에 질서를 파괴하는 말들이 약속을 소홀하게 여기는 의식의 출발점이 되어서는 안 된다.

특히 방송이나 공적인 자리에서 국민들에게 많은 영향을 끼치는 이들일수록 더욱 신경을 써야 한다. 책임의식을 갖고 우리말의 질서를 지키는 노력을 기울여야 한다.

독도를 수호함으로써 느끼는 행복

이근봉

독도수호연합 총재

동래부 출신인 안용복은 1693년에 울릉도에서 고기잡이를 하다 일본으로 잡혀간다. 하지만 그곳에서 전혀 굴하지 않고 당당하게 맞서 일본 에도막부로부터 울릉도와 독도가 우리 땅이라는 것을 확인하는 서계를 받아 낸다. 어디 그뿐인가? 1696년 봄에는 어부들과 울릉도에 고기 잡으러 나갔다 어로 중인 일본 어선을 발견하고 송도(松島)까지 추격해 조선의 영토에 들어와 고기를 잡는 침범 사실을 문책하며 강력하게 우리땅을 수호해 나갔다. 그 당시는 누구도 알아주지 않는 일개 어부의 신분이었지만 지금은 독도가 우리땅이라는 사실을 일본에 확인시켜 준 큰 위인으로 빛나고 있다.

독도는 세종실록 지리지, 동국여지승람, 성종실록, 숙종실록 등 수많은 고문서에 우리 땅으로 적시되어 있다. 지증왕 13년(512년)에 우산국으로, 성종 7년(1471년)에 삼봉도, 정종 18년(1794년)에 가지도, 고종 37년(1900년)에 석도로 불리다가 고종 37년(1906년)에 독도라 불리기 시작했다. 1881년에 고종에 의해 울릉도에 입주한 주민들이 돌섬이라고 부르던 것이 독섬으로 불리다가 발음 중심으로 한자를 표기하는 과정에서 독도(獨島)라는 명칭으로 지금까지 불려오고 있다.

독도는 분명한 우리땅이다. 그 누구도 침범할 수 있는 대한민국 영토다. 우리 민족의 숨결이며 우리 민족 생명이다.

그런데 이게 무슨 조화란 말인가? 바다자원의 중요성을 인식한 일본이 독도를 자기 영토라 우기고 있다. 심지어

2014년 3월부터는 중학교 사회 과목에 정식으로 독도는 일본 영토인데 대한민국이 불법으로 점령하고 있다고 명시함으로써 우리에게 영토도발을 서슴지 않고 있다. 21세기 국경 없는 세계화시대가 펼쳐지는 마당에 그들이 벌이는 영토도발 행위에 어떻게 맞설 것인가?

우리 모두가 영토수호 의지로 강력하게 대응하는 것이다. 독도는 우리가 관리하고 있는 실질적 지배를 하고 있는 우리 영토라는 것을 전 세계에 알리고 그 어떤 도발행위도 강력하게 맞서 대응하겠다는 의지를 세워야 한다.

사람은 의미 있는 일을 할 때가 가장 행복하다. 나 역시 지금 하고 있는 일에 의미를 잘 알고 있기에 한없이 행복하다. 행복한 마음으로 하는 일이기에 우리의 뜻은 반드시 관철되리라 믿는다.

Epilogue

행복지수, 우리 모두 함께 풀어야 할 문제

우리나라는 국민소득이 높은 것에 비해 국민의 행복지수가 낮은 것으로 나타나고 있다. 심지어 국민소득이 낮은 나라보다 행복지수가 낮은 경우도 있는데 그 이유가 무엇이라고 생각하는지 의견을 제시해 보시오.

그동안 학생들을 대상으로 이 문제를 다룰 때마다 부끄러운 적이 참 많았다. 동시대를 사는 어른으로서 무한 책임감을 느껴야 했다.

사실 이 문제는 우리 어른들이 먼저 다뤄 해결책을 제시해야 할 문제가 아니던가? 어쩌다 국민소득이 낮은 나라보다 행복지수가 낮게 나타나는 나라를 만들어 놓고 학생들에게 그 대책을 제시하라고 할 수 있는가?

그러던 중에 우리 국민의 행복지수를 높이기 위해 노력하는 한선행복포럼을 만났고, 51색의 행복을 담은 소중한 원고를 접했다. 전직 장관님부터 고위 관직을 거치신 박사님, 교수님, 교장선생님, 작가님, 배우님 등 여러 분야를 망라한 동시대 어른들의 행복 이야기가 담긴 원고를 훑어보는데 머리 위에 반짝 별이 빛났다.

"그래, 이거야!"

행복은 저절로 오지 않는다.

이제 '아포리아 시대 51색의 행복'을 통해 독자님도 행복에 대해 같이 생각해 보고, 국민의 행복지수를 높이기 위한 해결책을 모색해 보았으면 한다.

그동안 각계각층에서 나름대로 성공하고 행복한 삶을 누리고 있는 51인의 행복이야기를 접하면서 정말 행복했다. 모쪼록 독자들도 함께 행복했으면 하는 바람을 담아 본다.

독서와 글쓰기로 소통하는 시인

출판이안 대표 이인환

행복은 행복을 추구하지 않는 상태이다

– 장자

소통과 힐링의 시

아버지로
산다는 것

이인환 시집

웃어야 할 이유를 알겠다
왜라고 왜 그러냐고
말할 필요 없다는 것도

전부가 있기에
가족이라는 이름의
든든한
의지가 있기에